小説… JUMP j BOOKS

憂国のモリアーティ

MORIARTY THE PATRIOT

禁じられた遊び

竹内良輔
三好 輝
小説／埼田要介

Storyboards by Ryosuke Takeuchi
Miyoshi
Saita

CHARACTER

ウィリアム・ジェームズ・モリアーティ

孤児だったが、博学で天才的頭脳の持ち主。アルバートの実弟になりすまし、実弟の名“ウィリアム”を名乗る。

現在は数学教授と犯罪《クライム》相談役《コンサルタント》として活動。

アルバート・ジェームズ・モリアーティ

若くして家督を継いだ伯爵。
MI6の幽霊会社《ペーパーカンパニー》である
ユニバーサル貿易社の取締役。

ルイス・ジェームズ・モリアーティ

ウィリアムの弟。
領地の管理と屋敷の
執務などの一切をこなす。

セバスチャン・モラン大佐

射撃の名手。
元軍人で喧嘩っ早い性格。
腹心の部下としてウィリアム
を支える。

フレッド・ポーロック

イギリス中の犯罪
ネットワークに通じる青年。
変装術や密偵などに長ける。

ジェームズ・ボンド

MI6、七番目の特殊工作員。
アイリーン・アドラーが闇に
身を潜めるための新しい名前。

ジャック・レンフィールド

第一次アフガン戦争時代の
白兵戦の達人。当時、敵味方から
恐れられつけられた通り名が
“ジャック・ザ・リッパー”。

シャーロック・ホームズ

並外れた観察眼と推理力で、
真実を解き明かす
自称、世界で唯一の諮問探偵《コンサルティングディテクティブ》。

ジョン・H《エイチ》・ワトソン

アフガン戦争帰りの元軍医。
221Bでシャーロックと
ルームシェアを開始する。

STORY

19世紀末の大英帝国最盛期。古くからの完全階級制度による歪んだ国の在り方に辟易する貴族の息子・アルバートは、養子として家に住まわせていた孤児院出身の兄弟・ウィリアム、ルイスと共謀し、火災を装って家族を殺害。モリアーティ伯爵家の跡取りとして家を継いだ3人は、悪を排除し理想の世界を目指す決意を固める。

　ウィリアムの工作により特務機関〝MI6〟の指揮権を手にしたアルバート。手足となる部隊を手に入れたウィリアムは、壮大な計画を明かす。それは、ロンドンを舞台に犯罪を演出することで国の腐敗を暴き、市民の目を覚まさせるというものだった。

MORIARTY THE PATRIOT

CONTENTS

MORIARTY THE PATRIOT

1

禁じられた遊び

英国貴族に相応《ふさわ》しい教養と品位、そして輝きに満ちた未来を胸に抱く若者たちの学び舎《や》、ダラム大学。

そんな英知の気風に満ちた校舎の廊下を、二人の男が並んで歩いていた。

一人は、当時二一歳という若さでこの大学の数学教授となった天才、ウィリアム・ジェームズ・モリアーティ。

そしてもう一人は、英国でその名を知らぬ者などいない名探偵、シャーロック・ホームズ。

二人は印刷物の配達をしていたビル・ハンティングの類い希《まれ》なる数学の才を見出《みいだ》し、彼の入学を学長に推薦し、見事交渉を成功させた。

学問の世界に新星を送り出した事を喜ばしく思いながら、帰宅するシャーロックをウィリアムが見送る為《ため》、二人は校舎の出口へと向かっているところだった。

「――そう言えば、もう一つ頼みがあるんだ」

その道中でいきなりシャーロックがそんな言葉を発したので、ウィリアムも不思議に思って小さく首を傾《かし》げた。

「頼み、と言うと？」

きょとんとするウィリアムに、シャーロックは前を向いたまま述べる。

「別に大した事じゃねえ。探偵《こっち》の仕事の関係で、リアムにとあるクラブへの紹介状みたいなものを書いて欲しいんだ」

「紹介状ですか。具体的な内容をお聞きしても？」

シャーロックは「ああ」と答えて説明する。

「つい先日、ある貴族の一人息子が行方不明になったから捜して欲しいって依頼が来てな。その息子が妙なクラブに入り浸ってたって情報を摑《つか》んだから、調査に行こうと思ったんだ」

そこまで聞いてウィリアムはふむ、と頷《うなず》く。

「――しかし上流階級が集うクラブへ唐突に見知らぬ顔が現れても、簡単には入れて貰《もら》えない可能性がある。なので貴族である私であれば何らかのつてを得られるかもと考えたのですね？」

そして微笑混じりにあっさりと説明の続きを引き継いだ。若き大学教授の理解力の高さに、シャーロックは苦笑してしまう。

「相変わらず話が早くて助かるぜ。……そんな訳で、何だかお前の地位を利用するようで悪いんだが、そのクラブに俺が参加できるよう取り計らってくれると助かる」

シャーロックが若干心苦しそうな顔をして言うと、突然ウィリアムはその場に立ち止まった。そして同じく足を止めたシャーロックに一つ問いかける。

「……もしかするとホームズさんが行こうとしているクラブというのは、ここダラムの近くにあって、人々が様々な『遊戯』を楽しむ目的で集まっている、というものではないですか？」

シャーロックは意外そうに目を丸くする。

「リアムにも心当たりがあるのか？」

「ええ。こちらでも近頃、学生たちの間でそういったクラブの存在が囁《ささや》かれているのを耳にしまして」

「へえ、遊びたい盛りの学生が噂《うわさ》する程なのか」

するとウィリアムは困ったように溜息《ためいき》を一つ。

「ただ、いくら勝ったとか負けたなどという文言付きなので、一教師としてあまり感心は出来ないのですが」

シャーロックは声を上げて笑う。

「そいつは刺激的な『遊戯』だな。勉強詰めの大学生が息抜きするには持って来いって訳だ」

するとその表情は途端に真剣味を帯びた。

「……だがそうなると、依頼された一人息子が消えた理由ってのも想像が付くってもんだな」

金銭絡みの勝負を行う謎のクラブ。そして金を持った貴族の若者。その二点が揃《そろ》えば、自《おの》ずと答えは導き出せる。

ウィリアムも深刻そうに眉根を寄せる。

「ホームズさんが考えるように、その方も火遊びに熱中した挙げ句、大金を失ったのかもしれませんね。その後、親に顔向け出来ずに自ら行方を晦《くら》ませたか、或《ある》いは剣呑《けんのん》な事態に巻き込まれたか……前者であれば半ば家出のようなものですからさほど心配は無いとして、後者であればおいそれと無視は出来ませんね」

「そうだな。若気の至りで済まされるならまだいいが、犯罪事に巻き込まれてんなら放っとく訳にはいかねえ」

改めて気合いを入れ直した様子の探偵に、ウィリアムが言った。

「ホームズさん。その調査に私も同行して構いませんか？」

唐突な要求にシャーロックは面食らってしまう。

「別に構わねえけど……いきなりどうした？」

「乗り掛かった船という訳でもないのですが……賭け事を行うとはいえ、そのクラブが一定の節度を保っているならば良いのですが、もし違法行為を働いているのだとしたらここの学生たちにも被害が及ぶ恐れがあります。なので念の為、直接自分の目で見定めておく必要があると思いまして」

学生の為というウィリアムの思いにシャーロックも納得する。

「なるほどな。だが〝犯罪卿《はんざいきょう》〟についての相談を聞いてくれた上に、仕事まで手伝って貰うなんざ、借りを作るばっかで申し訳ねえな」

苦笑するシャーロックに対し、ウィリアムはゆっくりと首を横に振った。

「寧《むし》ろロンドンが誇る名探偵にお力添えできるのですから、光栄なくらいですよ。それにこの件は将来的に我が校の不安要素を除く事にも繋《つな》がりますので、相互利益とも言えますし」

そう告げてウィリアムが爽やかな笑みを浮かべると、シャーロックも気兼ねなく勝ち気な笑みを返した。

「だったら俺は『すまない』じゃなくて『ありがとう』と言うべきか。……確か列車で会った時は推理対決だったな。すると今回は協力関係って事か。面白《おもしれ》ぇじゃねえか」

そして探偵はその蒼《あお》い瞳で、相手の紅《あか》い双眸《そうぼう》を真正面から見据える。

「いいぜ、リアム。俺たち二人で、この〝謎〟を解き明かそうぜ」

強い意気が込められた台詞《せりふ》に、ウィリアムは笑顔を絶やさぬまま応じる。

「はい。モリアーティ家の名に恥じぬよう全力を尽くします」


二人の天才が手を結んでからおよそ一〇分後。ウィリアムとシャーロックの身は例のクラブがあるという場所へと向かう四輪馬車《ブルーム》の中にあった。

現在、馬車はウィアー川沿いを南進していた。プリンス・ビショップの支配の下に発展を遂げてきたダラムの街並みが窓の外を通り過ぎていく中、荘厳な偉容を誇るダラム大聖堂を横切った辺りで、ウィリアムが対面に座るシャーロックに話しかけた。

「そう言えば、ホームズさんは数学には興味がお有りではないのですか？」

「何だ、藪《やぶ》から棒に。……あのテストだったら、無かった事にしてくれると助かるんだけどな」

シャーロックは先刻受けてみた数学のテストで零点を取った事を思い出して、いじけたように口先を尖《とが》らせる。

その仕草が妙に子供っぽいので、ウィリアムは思わずくすりと笑いを漏らしてしまう。

「別に変な意味で聞いたのではありませんから、安心して下さい。ですがホームズさんほどの頭脳があれば、学問の世界でも比類無き賢人になるだろうと思いまして」

彼の見解にシャーロックは少し考え込んでから言う。

「私見だが、人間の頭脳ってのは小さな屋根裏部屋みたいなもんだと思っててな。そこへ仕事に使う以外の知識を入れちまうと、いざって時に取り出しにくくなっちまう。だから頭の中に入れるものには、俺はかなり注意を払ってるんだ」

「……なるほど。頭脳を部屋に喩《たと》えるとは、面白い考え方ですね」

探偵の独特な発想に、ウィリアムは興味深そうに頷いた。

「ですが、だからこそ心底惜しいと感じますよ。ホームズさんが本気で学問に取り組めば、きっと歴史に刻まれるような功績を残したでしょうから」

「お前にそこまで評価して貰えるのは嬉《うれ》しいが、やはり俺は探偵として謎を解き明かす方が性に合ってる。……まあ、雑学くらいなら暇潰しに聞いたりするけどな」

すると微《かす》かに教育者としての矜持《きょうじ》が働いたウィリアムが、少しだけ前屈《まえかが》みになった。

「暇潰し程度で良ければ、数学の面白さが垣間見《かいまみ》える雑学をお聞きになりませんか」

彼の蠱惑的《こわくてき》ですらある声音に、シャーロックも興味を惹《ひ》かれてにやりと笑う。

「へえ、なら聞かせてくれよ。クラブに着くまでまだ少しあるようだしな。不良生徒へのちょっとした課外授業ってとこか？」

ウィリアムはくすりと笑うと、少し姿勢を正す。

「授業などと畏《かしこ》まった言い回しをされると少々緊張してしまいますが……ホームズさんは、『パラドックス』をご存じで？」

シャーロックはその単語の意味を思い出すように、少し上に視線を動かした。

「パラドックスって言うと、『アキレスと亀』が有名だったか？　あと、『私は嘘《うそ》つきだ』って言葉もパラドックスだ」

「そうですね。他にも変わった例を挙げますと——ホームズさんは今日、私の講義を受けて下さいましたよね。有り難《がた》い事にあの講義は多くの学生が受講してくれますが……ではあの教室に学生が何人いれば、同じ誕生日の人がいる確率が五〇パーセントになると思いますか？」

少々難問ではあるが、シャーロックは熟考して自分なりに答えを出してみる。

「単純な考え方をすれば、自分と同じ誕生日を探す場合、あと三六五人必要になるよな。だったら、その半数の一八三人ってとこか？」

一年が三六五日なので、三六六人いれば一人被《かぶ》るというシンプルな解答。何の助言も無くそこに行き着くシャーロックの知能に感心しつつ、ウィリアムは優しげな笑みで答えを明かす。

「正解は、たったの二三人です」

シャーロックは「はあ？」と声を上げた。

「嘘だろ？　それだけで誕生日が同じ奴《やつ》がいる確率が五〇パーセント？　とてもじゃねえが信じられねえな」

「そうですよね。ですが計算の上ではそうなるんです。つまり計算によって導き出された理論と、『そんなはずが無い』という我々の直感にズレが生じる為に、パラドックスとなるのです。ちなみに、あくまで理論上ですが、教室に六〇人いれば同じ誕生日の学生がいる確率がほぼ一〇〇パーセントになります」

「それは面白ぇな。今度ジョンにも話してみるわ。……けどよ、こうして雑談として話せる内はまだ問題は無いだろうが、いずれはその感覚と理論のズレってやつが現実に支障を生むかもしれねえな」

シャーロックが何の気なしに言うと、ウィリアムは物憂げに目線を落とした。

「実に鋭い指摘です。確かに現段階では、数学というものは日常生活で利用する範囲ではさほど問題は生じません。しかし今後研究が進められていく内に、数学の世界は致命的な危機に直面する可能性があると私は考えています」

「危機？」

「あくまで個人的な予測なのですが……ごく簡潔に述べると、『ある理論体系に矛盾が無いとしても、その理論体系は自分自身に矛盾が無い事を、その理論体系の中で証明できない』といったところでしょうか」

専門的な言い方だったが、シャーロックはウィリアムの意見を自分なりに言い換えてみる。

「つまり俺の仕事に喩えるなら、俺が事件の証拠や証言を集め、それに基づいた推理を展開した結果、犯人を特定して事件が解決したとする。だが——もしその解決までの流れ全てが事件の裏にいる黒幕によって作られたものであったとしても、俺自身はそれを証明する事はできない。……こんな感じか？」

相変わらずの理解力に、ウィリアムは再度畏敬の念を抱いた。

「正にその通りです。その例で言うならば、ホームズさんはその黒幕によって操られた駒の一つ、という事になりますね」

ウィリアムのやや挑発めいた表現に、シャーロックは口の端を吊《つ》り上げ、攻撃的な笑みを浮かべる。

「はっ、まるで〝犯罪卿〟の手口だな」

「…………」

対するウィリアムも微笑を湛《たた》えながら意味深な沈黙を返す。その非の打ち所の無い笑みを見ながらシャーロックは続ける。

「だが俺は一方的に操られるだけの駒にはならねぇよ。いずれ必ず〝犯罪卿〟の正体を暴いてみせる」

するとウィリアムは「ふふ」と楽しげに笑った。

「頼もしいですね。確かに数学の世界では、数式は『証明』される事によって初めて定理となります。〝犯罪卿〟に関しても、ホームズさんがその所業の全てを解き明かして初めて一つの事件として語られるのかもしれません」

「ああ。義賊ではあっても、悪である事に変わりはない。〝犯罪卿〟は、俺が捕まえる」

「その日が来るのを楽しみにしていますよ」

〝犯罪卿〟の話題で盛り上がる最中《さなか》、ウィリアムとシャーロックは互いに相手の目から視線を外さなかった。それは両者の親密性の表れにも見える一方、相手の本心を見定めようとする心理のせめぎ合いにも見える。

友好的な和やかさと、油断のならない緊張感。相反する二つが不思議と両立する。そんな矛盾に満ちた馬車内の雰囲気は、正にウィリアムとシャーロックの独特の関係性を顕著に表していた。

時間にして一分にも満たない対話の後、シャーロックは「は」と息を吐きながら天井を仰ぐ。

「悪い。何だか〝犯罪卿〟の話をしている内に妙な熱が入っちまった」

ウィリアムは首を横に振る。

「いえいえ、私はその件に関してはいつも興味深く聞かせて頂いています」

「ま、少し話題を戻してだな。他にも面白いパラドックスの話ってあるのか？」

「理論と直感のズレで言えば、三人の殺し屋が集まって決闘するというものがありますね。彼らはそれぞれ腕前に違いがあるので、平等になるようなルールを設けるのですが……おや、そろそろ目的の住所が近いのでは？」

ウィリアムが外の様子を見て話を中断すると、シャーロックも窓の外に視線を送る。

いつの間にか馬車は街の外れに来ていた。酒場や商店が軒を連ねる街路の先、貴族のタウン・ハウスのような威厳ある佇《たたず》まいの建物が近付いてくる。

「あれが、例のクラブがある場所か」

「そのようですね」

ウィリアムとシャーロックはその建物を見ながら、後は到着まで口を閉ざした。

ジェントルマンズ・クラブとは、趣味や研究など共通の目的を持ったジェントルマン階級の男性たちが設立した会員制の社交の場で、一八世紀末に急速にその数を増やした。例えばロンドンのイーストエンドにあるクラブランドと呼ばれる場所では、ピーク時に四〇〇ほどのクラブがあったとされる。

通常クラブには表札も看板も出ていない。ある時警官が不審に思って踏み込むと、そこには大司教や銀行の総裁、首相たちが集っていた、という話もあるほどだ。ウィリアムたちが訪れた建物もその例に漏れず、入り口に男が一人立っているだけで、内部の様子を示すような物は何一つ掲げられていない。

馬車から降りたシャーロックは建物をまじまじと見つめながら、隣のウィリアムに話しかける。

「結構でかい建物だが、住所はここであってるよな」

「はい。その証拠に人が出入りしていますよ」

ウィリアムの視線の先に、ちょうど建物に入ろうとする紳士の姿があった。彼は入り口前に立つ男に軽く一礼すると、扉を開けて入っていく。一連の様子を観察しながらシャーロックは言った。

「入る時、特に周囲の目を気にしている風でも無いな」

「そうですね。クラブ自体に違法性は無いのかもしれません」

「つまり、その中で違法行為を行っている奴がいるかもしれないって訳だ」

推測を交えた会話をしながら二人は建物に近付いていく。当然、入り口前で受付と思《おぼ》しき男に声をかけられた。

「すみません。こちらにご用ですか……おや？　確かあなたは、ダラム大学の……」

貴族で若き数学教授でもあるウィリアムは、この辺りでは知名度が高いらしい。

少し驚いた様子の男に対し、ウィリアムは外套《がいとう》とシルクハットを脱いでから柔和な笑顔で挨拶する。

「こんにちは、ウィリアム・ジェームズ・モリアーティと申します。ここは遊戯を楽しむクラブとお聞きしたのですが」

すると男も笑みを浮かべて丁寧な態度で応じる。

「やはりウィリアム様でしたか、ようこそ。仰《おっしゃ》るとおり、ここでは暇を持て余した紳士たちが昼中だというのに集っております」

男の自虐めいた語り口に微笑《ほほえ》んでから、ウィリアムは恭しく尋ねる。

「私たちも噂を耳にしてやってきたのですが、もしや会員の方の紹介がないと参加できませんか？」

「いいえ、そんな事はありませんよ。故あって私のような形ばかりの受付はおりますが、基本的には新規の方も大歓迎でございます」

「俺も大丈夫か？」

シャーロックが会話に割り込むと、男は頷く。

「ええ、構いませんよ。一応、お名前をお伺いしても？」

「シャーロック・ホームズだ」

名前を聞いて、男は目を瞬《しばた》かせた。

「もしや、あのシャーロック・ホームズ様ですか？　まさかあなたもこんな所へ来るとは……」

数学教授と名探偵のコンビが珍しいのだろうか。予想以上に驚かれ、苦笑いを浮かべながらもシャーロックは続ける。

「ああ。ちょっと調べ事があってな」

「調べ事、ですか。なるほど……」

ウィリアムの時とは違い、探偵の登場には何故《なぜ》か動揺する男。ウィリアムはその不審な挙動を静かに追及する。

「もしかして、何か問題が？」

「えっと、それは、その」

男はちらちらと扉の方に視線を投げかけながら曖昧な態度を取っていたが、やがて観念したのか、声を潜めながら二人に事情を明かす。

「一応ここは、『様々な遊戯を堪能する』といった趣旨の集まりではあるのですが……その、場を盛り上げる為に、ちょっとした金銭のやり取りも行われておりまして」

「なるほど」

その辿々《たどたど》しい話し振りからウィリアムは男の心中を察した。品格を求められるジェントルマンが、羽目を外して賭けに興じているというのはあまり公にしたくない事柄なのだろう。

加えて賭け事が常態化した場というのは、ともすれば犯罪の温床となりやすい。受付が建物前にいるのも、警察関係者等に目を付けられないよう参加者の素性を確かめておきたい気持ちがあるのかもしれない。探偵であるシャーロックの来訪に動揺したのもその為だ。

しかし二人は金が動いている点については既に把握している。なので問題はその度合いだ。

「もしかして、警察沙汰になりかねない程の金額の賭けが行われているとか？」

するとと男はぶんぶんと手を振った。

「とんでもない。本当に些細《ささい》な額です。ちょっとした遊興費くらいの感覚ですよ」

「遊興費ねえ……」

シャーロックは胡乱《うろん》げに呟《つぶや》くと、さりげなく男の言動を観察する。平民の基準で考えれば、貴族たちにとっては遊び程度でもそれなりの金額が動いていそうだが、男の態度からは犯罪にまで手を染めているような後ろ暗い様子は感じられない。

「ま、その辺りについては安心してくれていい。俺は別件で調査に来たんだし、それに金が動けば盛り上がるってのは同感できる」

「それはそれでぞっとしない結論なのですが……」

身近に賭けが好きな仲間がいるウィリアムにとっては、どうにも苦笑を禁じ得ない発言だ。

とはいえ、一先《ひとま》ずクラブ自体に問題は無いという予想は正しかった。なので後は実際に見る必要がある。

「取り敢《あ》えず、私たちが参加するのは大丈夫なのですね？」

「は、はい。なので皆様の賭け事については、どうか寛大な心で……」

「だから大丈夫だって。んじゃ、お邪魔させて貰うぜ」

そう言ってさっさと扉を開けて入っていくシャーロックに、ウィリアムも続いた。

建物に入ると中は大きな広間となっていて、簡素ではあるが落ち着いた内装で、壁際に質の良さそうな調度品が並んでいる。

木製の机と椅子が等間隔で置かれ、そこで正装した紳士たちが各々カードやボードゲームをして遊んでいた。机上には金貨や紙幣がちらほらと見受けられる。紳士一同は上流階級としての威厳を保ってはいるが、時折生じるどよめきや歓声から、ゲームへの熱の入れようが窺《うかが》える。

二人は入り口付近に佇みながら、そんな紳士たちの様子を眺めていた。

行方不明の若者の調査の為、真面目に全体の様子を観察するウィリアムに対し、シャーロックはどこか羨ましげな顔をしていた。

「すげー楽しそうだな。折角だから俺も一ゲームくらい参加してみるかな」

「……本来の目的を忘れないで下さいね」

ウィリアムは困り顔で横のシャーロックに念を押す。すると二人の元に、一人の恰幅《かっぷく》の良い男がワインの入ったグラス片手に近付いてきた。

「お二人共、見ない顔ですな。随分と若い方で……おお、あなたは数学教授のウィリアム様で……そちらはかの名探偵ホームズさんじゃありませんか？」

男が声を上げると、周囲にいた数名の男が二人を振り返る。ウィリアムはややぎこちなくも笑顔を向ける。

「どうも……」

「よろしくな」

早々に注目が集まってしまった事に、ウィリアムが密《ひそ》やかにシャーロックに語りかける。

「本当ならもっと静かに捜査したかったのですが、世に名が知られるというのも大変ですね」

「ま、有名税ってやつだな」

そう苦々しい顔で語り合うと、ウィリアムは話しかけてきた男に尋ねてみる。

「ここは本当に遊戯が好きな方々が集まっているようですね」

「ええ。皆、それぞれが持ち寄ったゲームで楽しんでおります。最近では拳銃を使用したものが流行《はや》っておりますよ」

「銃？」

剣呑な単語に二人が顔を顰《しか》めると、男は取り成すように続けた。

「誤解なさらないで下さい。勿論《もちろん》本物ではありません。あくまで本物そっくりに作らせただけの玩具《おもちゃ》ですよ。それに弾を一発込めて、そして順番を決めてから、こう――」

男は指で銃の形を作ると、自分のこめかみに当てる。

「自分で引き金を引いていくのです。それで弾が出た方の負け。確かロシア発祥の遊びだったと思います」

「――ロシアン・ルーレット、か」

シャーロックが重々しく呟く。偽物による遊びとはいえ、そんな物騒な代物を用いる貴族たちの感覚はどうにも受け入れ難い。

だが怪訝《けげん》な顔の二人に構わず、男の喋《しゃべ》りはエスカレートしていく。

「少し前からここで人気のゲームになっているのですが、すぐに飽きが来てしまいましてね。なので色々とやり方を変えるなどして試行錯誤を繰り返しているのですよ。ついこの前も、別の社交場で噂になっていたのを参考にしたのですが、三人で三つの銃を使うものをやりまして――」

「あー……親切に色々話してくれてるとこ悪いが、それについてはまた今度聞かせて貰うわ」

シャーロックは多少うんざりした様子で男の熱弁を遮ると、周りを見渡した。

「俺はここに人を捜しに来ている」

「はあ、人捜しでございますか」

男は打って変わって気の抜けた反応をした。

「ああ。とある貴族の一人息子なんだがな……」

そして、シャーロックが消えた若者の名前を告げる。

その瞬間、周囲にいた紳士の一人が微かに反応したのを、ウィリアムは見逃さなかった。

だがそれは今に始まった事では無い。実はシャーロックが室内に入った時、既に中にいた紳士の内何名かが彼に警戒の眼差《まなざ》しを向けていたのだ。

彼らの顔を記憶しながら、ウィリアムは若者について話すシャーロックに視線を投げかける。すると彼も素早い一瞥《いちべつ》を返した。彼も自分の探偵としての知名度を利用して入室時から不審者を炙《あぶ》り出していたのだ。

ならば後は、相手がどう動くかを見極める。

無言の内に次の行動を一致させた二人だが、確認した複数名の動向を探るまでもなく、シャーロックの方に一人の紳士が近寄ってきた。

「あなたが、ホームズ様で?」

そう尋ねてきた紳士。年の頃は四〇を過ぎた辺りだろう。細身で燕尾服《えんびふく》がよく似合い、人好きのする笑みを浮かべているが、その細い目から覗《のぞ》く瞳には狡猾《こうかつ》そうな光が宿っている。

シャーロックが「ああ」と首肯すると、紳士は胸に手を当てて大仰な溜息を吐いた。

「……おお、まさかこうして本物とお会いできるとは、いやはや、今日のゲームで使う幸運を使い果たしてしまいましたな」

そしてすぐに姿勢を正した。

「失礼、自己紹介が遅れました。私の名はアランと申します。周囲から呆《あき》れられるくらいに刺激的な事が大好物でして、あなたに関しましても、常日頃から小説でワトソン氏との痛快な大活躍を拝見しております」

「へえ、ドイル先生の作品を読んでくれてるとは有り難いな。あいつに言ったら喜ぶと思うぜ」

「なんと、一ファンとして作者に声をお届けできるとは感激の極みです。ところで、こう言っては失礼ですが、実際にお会いすると作品内でのあなたと少々言動が異なりますね」

痛い所を衝《つ》かれ、シャーロックは気まずそうに人差し指で頬をポリポリと掻《か》く。

「あー……それは作者が娯楽性を重視した所為《せい》か、俺を美化しちまったみたいでな。イメージと違うってんなら、悪いとしか言いようがねぇ」

「いえいえ、今後は作品を読む中で実際のホームズ様に変換する楽しみが出来ますし」

「それ、本当に楽しめるか？」

シャーロックがアランと名乗る紳士と歓談する間、ウィリアムは最初に話した男と取り留めの無い世間話をしていた。男は夢中になって先程のロシアン・ルーレットについて話し、ウィリアムは適度に相槌《あいづち》を打ちながら、シャーロックを注視する他の紳士たちに抜け目なく気を配る。

一人が親しげに話しかける事によって、自然な形でシャーロックから若者の話題が出るのを防ぐ。ならば、その次の手も大体の予想が付く。

「いやあ、憧れの探偵殿とここまで楽しくお話しできるとは思ってもみなかった」

「そこまで喜ばれると、俺としても嬉しい限りだな」

「全くもって、人の縁というのは不思議なものですね。……ところで、ホームズ様はゲームに興味がお有りで？」

「ん？　俺は別件で来たってさっき言ったんだけど……ま、興味ないって言ったら嘘になるな。どうせなら、何か刺激的な、ゲームでも紹介してくれよ」

「なるほどなるほど。刺激的なものがご所望ですか」

ふと、アランの笑みの質が変わる。彼は口元を手で隠しながら、シャーロックに囁いた。

「確かにここのゲームは風変わりなものも多々ありますが、私や他の仲間はすっかりやり飽きておりまして。なので実はここことは別の場所で、秘密裏に刺激的でスリリングなゲームをしているのです」

「ふーん。スリリングなゲームね」

シャーロックは見せつけるように口元で笑みを作る。それを興味の表れと受け取ったアランは、ウィリアムを指し示す。

「一緒に来られた方もどうです？　あくまでここにいる方々には知られないよう極秘裏に、ですが」

「……面白そうだな」

そう答えると、シャーロックはウィリアムに声をかけた。

「おい、リアム。ちょっといいか」

「どうしました？」

別の人と喋っていてそちらの話は聞いていなかった、という体でウィリアムはシャーロックの方を向く。

「アランが場所を変えて話がしたいんだってよ。一緒に行こうぜ」

シャーロックが言うと、アランが微笑む。まるで客人を招き入れる家の主人のような親しみやすい表情だが、ウィリアムはその裏に隠された本性を見出していた。

——獲物が網にかかった、という顔だ。

相手の思惑を見抜いたウィリアムは快く了解した。

「分かりました。私もご一緒させて頂きます」

そうして話していた男に「失礼」と断りを入れると、シャーロックと共に広間を後にした。


アランに案内されながら、二人は別室へと向かう通路を進んでいく。前方にはアラン一人しかいなかったが、後方から複数名分の足音が尾《つ》いてきているのに二人は気付いていた。

一行は建物の奥へと進んでいるようで、今移動している者たちの他に人の気配は無い。どうやら『通常』の参加者はあの広間だけで遊ばせるようにしているらしい。

「何だか冷えてきましたね。確かホームズさんは寒さが苦手でしたけど、平気なんですか？」

僅かに肩を震わせてそう呟いたのはウィリアムだった。別に寒がりでもないシャーロックは、表情には出さぬままその発言の意図について思考を巡らせる。

そして次の瞬間、ウィリアムはシャーロックにだけ分かるように口の端を上げる。それを認識したシャーロックは全てを察し、即座に話を合わせた。

「そうだな。確かに寒くなってきたかもしれねえ。――リアム、お前の外套を貸して貰ってもいいか」

「ええ、どうぞ」

「サンキュー」

ウィリアムが脇に抱えていた外套を差し出すと、受け取ったシャーロックはすぐに着込んだ。そして襟を正しながら、念入りにその着心地を確認する。

「寒気がするのなら、部屋で温かい飲み物でもご用意しましょうか？」

アランがさも心配という風に聞いてくる。どうやら彼はウィリアムの言葉を額面通りに受け取ったらしい。

「いや、そこまで気を遣わなくていい。それにこれからどんなゲームをするかゾクゾクしてるってのもある。武者震いみたいなもんだ」

シャーロックの言葉に、アランは嬉しそうに頷いた。

「左様でございますか。ならば紹介する私としても気合いが入るというものです」

するとようやく目的の部屋に着いたらしい。アランが静かに扉を開けて二人を中へ促す。

二人は一瞬目を合わせると、口を閉ざしたまま入室する。

アランが案内した部屋は、薄暗く、先程の広間の四分の一程の広さだった。中央には年季の入った木製の円卓が置かれ、それを囲むように紳士たちが物静かに佇んで、入室したウィリアムたちを見つめている。

どこか秘密の儀式めいた不気味な光景。彼らの表情は皆一様に温和なものだったが、その下に秘めた悪意がひしひしと伝わってくる。だがいくつもの修羅場を潜《くぐ》り抜けたウィリアムとシャーロックは、不穏な空気が漂う中でも平然としていた。

シャーロックが部屋の片隅を見て、にやりと笑った。

「よう、こんなとこにいたのかよ」

そこには、シャーロックが捜索を依頼された貴族の息子が立っていた。彼は他の紳士同様に綺麗《きれい》な身なりをしているものの、そこに貴族としての堂々たる風格などなく、逆に酷《ひど》く怯《おび》えながら周りに視線を配っている。

そんな若者の様子を観察しながら、ウィリアムが囁き声でシャーロックに聞く。

「彼が例のご子息の方で？」

「そうだ。取り敢えずは命に別状は無さそうだが、あの態度からすれば、こいつらからどんな扱いを受けてたかは想像に難くねえな」

若者の様子から状況を推測していると、背後でガチャリと鍵が閉まる音がした。

振り向くと、扉を背にしたアランが貼り付けたような笑みを浮かべて立っていた。

「流石《さすが》、察しがよろしいようで。その卓抜した推理力には心より感服致します」

慇懃《いんぎん》無礼な態度を、シャーロックが鼻で笑った。

「何言ってんだ。自分で連れてきた癖によ」

「あなたがここを嗅ぎつけた時点で隠し事は無意味と思いまして。どうせなら彼にもきちんと挨拶をさせるべきかと」

「舐《な》めた真似《まね》してくれんじゃねえか。で、一体全体どういう理由で貴族のガキを監禁してる？　ここにいる奴の他にも仲間がいるのか？」

アランはわざとらしく驚愕《きょうがく》してみせる。

「監禁だなどと、私たちはそんな物騒な真似は致しません。ただ、純粋にゲームの楽しさを追求しているだけでございます。そしてその目的を共有しているのは、今ここにいる数名の同志のみ。愉悦とは、秘されるからこそより高尚な域へと到達するのです」

「――そう言って今の私たちのように彼を招き入れ、『刺激的なゲーム』とやらを強制的にやらせて負かした挙げ句、『賭けた品を払うまでは自由にさせない』とでも脅してここに閉じ込めている、といったところですか」

「…………」

ウィリアムが厳かな声音で、アランの語る『高尚な愉悦』を真っ向から『卑劣な手口』

と言ってのける。それにアランは反論も無く沈黙すると、シャーロックが舌打ちをした。

「それで、貴族の息子を人質に身代金でも要求するか？　それともここで念入りに脅しておいて、そいつが家督を継いだ後に色々都合を付けて貰おうとでも考えてんのか？　いずれにせよ、ガキを騙《だま》して脅迫するなんざ、ケチなペテン師と考え方は大差無《ね》えよ」

悪《あ》し様に罵られ、いよいよアランは悲しげに首を横に振った。

「そんな風に誤解されるとは、全くもって嘆かわしい限りです。彼とは互いに合意の上でゲームを行ったのですよ。しかし負けたにも拘《かか》わらず支払いを拒むので、こうして熱心に説得を続けているのです」

「説得……物は言いようですね」

同じ年頃の学生を受け持つウィリアムは、不快感を隠さずに言う。

そしてシャーロックも苛立《いらだ》ちを露《あら》わに話を進めた。

「で？　俺たちはそいつを無事連れ帰るのが目的なんだが、お前らとしてはそう簡単に事を運ばせるつもりは無いんだろ？」

アランは感激を表現するように両手を広げた。

「話がスムーズに進行して大変助かります。しかしご安心を。私たちは決して野蛮な行為を働く気はございません。最初に告げた通り、ただあなた方と全身全霊を込めたゲームをしたいだけなのです」

「ほざけ、本当にゲームだけが目的なら賭けなんざ無用だろ」

「敗北した際のリスクがあると、より興奮が増すものでしょう？」

「……屁理屈《へりくつ》だけは間違いなく一級品だな」

どうにもこの男に対して口でのやり取りは埒《らち》が明かないらしい。シャーロックは呆れたように溜息を吐く。

疲弊した探偵の代わりに、ウィリアムが口を開く。

「ならば、勝負に勝てば彼を解放するのですね？」

アランはうんうんと頭を上下させる。

「仰る通り。私たちは勝負事には正々堂々がモットーですので」

だがシャーロックがウィリアムをそっと肘で突《つつ》いた。

「リアム。わざわざご丁寧にこいつらのやり方に合わせてやる必要は無いだろ。俺に任せてくれれば、こんなもやし連中ものの数秒でぶちのめせるぞ」

彼の意見を聞いていたアランは一歩退く。

「おお、何と恐ろしい。それなら……」

そしてそっと手を挙げる。それを合図にアランの仲間の一人がナイフを取り出し、若者の喉元に突きつけた。声を出す間も無かった若者は顔を青ざめさせる。

「こちらもこのように相応の手段を取らざるを得ませんね」

ここで人懐っこかったアランの笑顔が凶悪なものに変貌する。本性を露わにした紳士に、ウィリアムもいよいよ嫌悪の眼差しを向けた。

「つまりどう足掻《あが》いても勝負に持ち込むと……とてもじゃないですが、正々堂々とは言い難いですね」

「これも全て我々がゲームを愛するが故ですよ」

差し向けられた敵意にもお構いなしに、アランはぬけぬけと言い放つ。

この瞬間、二人の中でこの紳士を打倒する意思が固まる。

「――上等だぜ」

そして、シャーロックが声を発する。決して大きな声ではないのに、その一言はやたら大きく部屋に響き渡った。

ウィリアムもごく丁寧な口調で続く。

「それ程までに勝負がしたいというあなた方の気持ちは十分理解できました。ですので、どのような結果に終わろうとも決して後悔なさりませんよう」

「……ほう」

二人の闘志がもたらす圧力に、アランが僅かに全身を強《こわ》ばらせる。

「その気になって下さったようで何より。ちなみに、勝負には何をお賭けになりますか？」

彼の問いに、二人は顔を見合わせた。

「俺たちの要求はそいつの解放。そんで負けた時の代償は……まあ、そっちの好きにしろ」

「好きに？」

シャーロックの発言に小首を傾げたアラン。するとウィリアムも間髪容《い》れずに言った。

「私も負けた際は金なり、貴族の地位なり、学問の研究成果なり、どうぞご自由に請求なさって下さい」

二人のぞんざいな口振りに、アランも目元をひくつかせた。

「……もしかして、私を馬鹿にしているのですか？」

対する二人は、心底おかしそうに口元を綻ばせる。

「馬鹿にするなどとんでもない。ただ、私は確信しているだけですよ」

「リアムと俺が手を組んだ以上、どんな敵も相手じゃねえって事をな」

敵のアジトで数的不利な立場、その上人質も取られている。

だが誰が見ても劣勢の状況下にいても尚《なお》、二人の声音は自信に溢《あふ》れ、聞く者にもそれが決して虚勢ではないと実感させた。彼らは互いに、その知能が、精神力が、こんな小悪党などを遥《はる》かに凌駕《りょうが》すると、絶対の信頼を持っている。

ウィリアムとシャーロックの揺るぎない自信を真正面から捉えたアランの腹の底で、ドロリと熱い憎悪が込み上げる。

「…………」

――アランは元々ダラム付近に広大な領地を有していた有力貴族だった。だが産業革命の時流に乗り損ねて経済危機に陥り、あっさりと没落の道を辿った。

未来永劫《えいごう》続くと盲信していた栄華の日々が消え去り失意の底にいたアランは、その敗北感を慰める事を渇望した。

その結果、アランはゲームに熱中した。互いに条件を呑《の》んだ上で行う真剣勝負に勝利した時、自分が得も言われぬ高揚感に満たされる事に気が付いたからだ。

自分の欲求を自覚したアランは、ダラムに『遊戯』を楽しむ趣旨のクラブがある事を知り、すぐに貴族の旧友に頼み込んで入会した。そしてクラブ内で同志を募ると、参加者の中から標的を定めて密かにゲームに誘い、強引な手段で勝利を重ねていった。

脅迫まがいの支払い要求で貴族たちの利権を奪っていく日々。仲間たちはその利益で満足しているようだが、アランは違った。彼は自分を見下す立場にいる者を、どんな手を使ってでも屈服させたかった。

故に現在も、貴族の息子を人質にした時点で交渉はせず、あくまでゲームでの勝利を欲する。それがどんなに理不尽な流れであったとしても。

だが、この若者たちは違った。危機の中にあっても、泰然自若として敗北など想定すらしていないといった余裕がある。

これまで出会った事の無いタイプの人間に、アランは苛立ちを覚えると共に、それを崩した時はさぞ快感だろう、と内心でほくそ笑む。

アランは己の顔にまた自慢の笑みを貼り付けた。

「でしたら、あなた方が支払う品についてはこちらで決めさせて頂きますよ」

「いいでしょう。それで、ゲームは何にしますか？」

ウィリアムの質問に、アランは別の仲間を手招きした。その仲間は懐からある物を取り出して、アランに手渡す。

「私たちが行うゲームは、これでございます」

アランが見せたのは、一丁の回転式拳銃《リボルバー》だった。

剣呑な品の登場に、二人は勝負内容を瞬時に理解する。

「ロシアン・ルーレットですね」

「ご名答。先程も参加者の方とお話しになっていましたね。何を隠そう、このゲームの存在を知り、クラブに紹介したのは私なのですよ」

シャーロックはさりげない自慢話には耳を貸さず、彼が手にする銃を凝視する。

「ピースメーカー……？　いや、微妙に違うな。改造品か」

「うーむ、お見事。これはコルト社のシングルアクション・アーミーと呼ばれる銃を改造して作らせた特注品で、弾倉が横に外れる仕様になっております。広間で流行しているのは模擬弾を使う玩具ですが――これは実弾を使用します」

「つまり、あなたが私たちに求める支払いとは――命ですか」

「ええ。つまり敗北は死を意味します」

「なるほどな」

死という単語にも二人は依然として動じない。反応の薄さをつまらなく思いながら、アランは説明を続ける。

「手順としては、まず回転式弾倉《シリンダー》を外し、弾を込めます」

アランは銃の弾倉を外して弾を入れる真似をすると、弾倉を元に戻した。

「弾倉を戻した後、回転させます」

そして広げた手の平に銃の弾倉部分を当てて、勢いよく滑らせる。小気味よい音を立てて弾倉が回転し、緩やかに停止する。

「以上です。ちなみに銃の装弾数は全部で六発。ご理解頂けましたか？」

アランは銃の扱い自体は不慣れなのか若干手際は拙かったが、一連の動作に不審な点は無い。ウィリアムとシャーロックも黙って頷いた。

「よろしい。そちらは二人で挑まれるようなので、こちらも一人追加して二対二の勝負とさせて頂きます。どちらか一人が弾に当たるか、撃てずに降伏を宣言した時点で、ゲームは終了です」

アランは銃を手渡した男と並ぶ。他の男達は粛々と円卓の周りに四脚の椅子を、机上に六発の弾を用意している。シャーロックは椅子に近付いて言う。

「つまり俺たちとあんたらが一人ずつ交互に撃ってくんだな。だったらさっさと順番を決めようぜ」

「お待ち下さい」

アランは手を出してシャーロックの言葉を止める。

「それだけでは普通のロシアン・ルーレットと変わりません。ですから、よりスリリングになるよう、一つルールを追加します」

二人は黙って続きを聞く。

「そのルールとは、次に銃を撃つ方は、前の方が込めた分に更に一発以上の弾を込めるというものです」

「一発以上の……」

ウィリアムはすぐにそれが何を意味するかを理解する。

つまり最初のプレイヤーが弾丸を一発込めたなら、次は必ず二発以上の弾数でルーレットをしなければならない。その次に至っては最低三発以上。よって必然的に順番が後に回る方が不利となる。

「そのルールでは早い段階で決着が付きますね」

ウィリアムが指摘すると、アランは肩をすくめる。

「さあどうです？　やりますか？　今の段階で止《や》めておけば不戦敗となりますが、支払う品については譲歩しますよ？」

彼は道化めいた動きで銃を片手に二人に詰め寄った。ここでいよいよ恐れをなして勝負の取り止めを訴えれば儲《もう》けもの。そうで無くとも怯えの色を滲《にじ》ませるだけで、それなりにアランの欲求は満たされる。

だが二人は――。

「いいでしょう」

「いいぜ」

あっさりと、勝負を受けた。

半ば予期できていたとはいえ、アランは歯を食い縛った。

「……その胆力、是非とも見習いたいものですね。でしたら早速始めるとしましょう。順番は今し方ホームズ様が仰ったようにこちらとそちらが交互に撃つ。……まあ、こちらから提案したゲームですし、先手はそちらに与えましょう」

「今更そんな公平感出されても、有り難くは無えよ。……リアム、どうする？」

「………………」

ほんの数秒、ウィリアムは沈思黙考する。

現在までの相手側の言動、人格を分析し、このゲームがどのように展開するか、ゲームの後にどんな事態が起こり得るか、枝分かれして広がる可能性を漏れなく予測し、自分たちが取るべき行動を取捨選択していき――やがて結論を導き出す。

彼は、ポツリと傍らの探偵の名を呼ぶ。

「ホームズさん」

探偵は、その男の瞳を見た。鮮血を連想させる混じり気の無い真紅。味方であるにも拘わらず背筋に悪寒が走り、同時に全身が糸のようなものに絡められた錯覚に陥る。

「…………」

不思議と言葉や身振りは必要無かった。シャーロックはウィリアムと目を合わせただけで、彼が状況打開の策を練った事を察する。

アランはゲームの為にここまで手の込んだ真似をする男だ。ゲームそのものにも仕掛けを施している可能性は十分にある。シャーロックも大体見当が付いてはいるが、ウィリアムも既にその仕掛けを看破し、かつそれを逆手に取るような秘策を思い付いている。

ならば、その策に身を委ねよう。

シャーロックは一つ頷いて、ここから先はウィリアムの一挙手一投足に注意する事を心掛ける。

シャーロックの応答を見て、ウィリアムは視線を落とした。

準備は完了。後は解答が真であると実証するのみ。

――本物の謀略をお見せしよう。

数学教授にして、英国市民に畏怖を以《もっ》て語られる〝犯罪卿〟の中核――ウィリアム・ジェームズ・モリアーティは、共闘関係にあるシャーロック含め、全てを操る算段を整えた。

「私は一番手を希望しますが……大丈夫ですか？」

そして不自然に思われない程度に、申し訳なさそうに提案する。

ウィリアムの態度の変化に合わせるように、シャーロックもわざと不満げに返した。

「……俺が不利な方をやれって事かよ。仕方ねえな」

そして椅子にドカッと座り込む。彼の位置に合わせて他の三人も各々の席に座った。

順番は、ウィリアム、アラン、シャーロック、アランの仲間。

だが、四人目まで順番は回らない。

そんな事を、アランたちが予想し、ウィリアムとシャーロックは確信する。

最初の番であるウィリアムが拳銃を手渡される。ウィリアムは銃の弾倉を外した。随分と使い込んだ品らしい。本体に四カ所、弾倉に一カ所の小さな傷がある。

銃の状態を確認し、ウィリアムは机にある弾を一発取って込めると、アランが言った。

「ちなみに、銃口を自分以外に向けるのは当然ルール違反です。妙な素振りを見せるのは控えた方がよろしいですよ」

忠告を耳にして周りを見ると、アランの仲間がウィリアムに向けて小型の銃を構えている。ここまで一方的な真似をしておいてまだゲームの形式に拘《こだわ》るとは……。ウィリアムは心底呆れ果てた。

意識をゲームに戻す。彼はゆっくりと自分のこめかみに銃口を向けた。そして、意図的に数度深呼吸して、引き金を引いた。

――不発。

ウィリアムは銃を置くと、細く長く息を吐く。

「最初とはいえ六分の一で死ぬというのに……敵ながら見事な度胸だ」

アランが賞賛を浴びせると、ウィリアムは銃を差し出して言い返す。

「ですが次は六分の二、つまり三分の一以上であなたに死が訪れますよ」

「ええ、重々承知しております」

アランが銃を取って弾を追加していく。

その数、なんと二発。つまりアランは弾を三発込めた状態で引き金を引こうというのだ。

「おいおい、それじゃあ確率が二分の一になっちまうぞ」

彼の様子をシャーロックが怪訝な顔で眺めていた。仮にここをアランが乗り切れば、シャーロックが挑む弾数は四発以上。余りにもリスクが大き過ぎる。

「では……」

アランが頭に銃口を当て、引き金に指をかける。シャーロックは固唾を呑んで見守る。

カチリ、と乾いた音が鳴った。

「不発、のようですね」

容易に二分の一を乗り越えたアランが楽しげに呟くと、シャーロックは拳を握り込む。

「マジかよ、おい」

勝負前とは正反対の愕然とした様子に、アランは二人の、とりわけシャーロックの評価を改める。

――やはり今までの態度は、ハッタリだったか。

本物の死を目前にしてはどんな人間も余裕が消え失《う》せる。探偵も例外では無かった。そう判断したアランは、そっと拳銃をシャーロックの前に置いた。

「次はホームズ様の番ですよ」

アランが挑発するように微笑みかけると、シャーロックは三発の弾が込められた銃をじっと見つめる。

彼と円卓を挟んだ対面に座るウィリアムは、机の上を人差し指で叩《たた》きながら重々しく語りかける。

「ホームズさん。迂闊《うかつ》な事はしないで下さい。私は、お勧めします。二発分、入れないのを」

妙に迂遠な言い回しをすると、机に指を押し付ける。

「……そうか。リアムはそう考えるんだな」

シャーロックが妙な間を置いてウィリアムに答える。

二人の様子を見てアランは吹き出しそうになってしまう。こいつら、心底焦っているようだ。この態度の乱れこそ、化けの皮が剝がれた何よりの証拠。

後は、この探偵が怖《お》じ気づくのを待つだけ——のはずだったが。

「……くそっ」

アランの目論見《もくろみ》は外れた。シャーロックは一つ悪態を吐くと、やがてわなわなと体を震わせて言った。

「ああ、上等だ。だったら俺もやってやろうじゃねえか」

彼はそう吐き捨てるように言うと荒々しい手つきで更に二発の弾を追加した。ウィリアムの忠告を無視した探偵の暴挙に、アランも慎重にリスクの高さを説いていく。

「本気ですか？　それだと確率が六分の五。発射されない方が不自然というものですよ。私たちも本音を申せば、死人が出るのは好ましくありません。ですので撃つのは控えて負けを認めて頂ければ——」

「うるせえ。意地でも負けは認めねえぞ」

だがいくら説得を重ねてもシャーロックに止《とど》まる様子は見られない。

「正気か、シャーロック・ホームズ……」

アランは思わず、心から驚愕の一言を漏らす。

確かにここを乗り切ってしまえば次は弾丸がフル装塡されるので、その時点で彼らの勝利は決定する。それを引き当てる確率は六分の一。決して当たらない数字ではない。

だが、それでも六分の五の死に臆してしまうのが常人の思考だ。何も失う物が無いならともかく、既に彼は探偵としての名声と信頼を手にしている。シャーロックの選択は、喪失の恐怖を知るアランには受け入れ難いものだった。

——だが自棄《やけ》になった事が逆に功を奏したな。

一方で、アランは『ある理由』によって弾は発射されない事実を知っていた。そして現段階でこのゲームでの自分たちの勝利が無くなった事を悟る。

敵が失望している間に手早く準備を終えたシャーロックは、勢いのままに銃の引き金を引いた。

「…………」

結果は——不発。

場が、静寂に包まれる。ウィリアムは静観を貫き、アランは目論見が外れた悔しさに沈黙する。

「……こんな事ってあるんだな」

各人の思惑が交錯する中、最初に言葉を発したのは六分の五の死を克服した本人だった。

初めシャーロックは放心したように虚空を見つめていたが、やがて自分たちの勝利で決着が付いた事実に絶叫した。

「よっしゃあ！　これで次の奴は六発弾を込めなくちゃならねえな！　つまり必ず発射されるんだから、俺たちの勝ちだ！　やってやったぜ、リアム！」

彼は興奮しながら立ち上がると、机の向かいに座るウィリアムに拳を掲げる。対するウィリアムも喜びの微笑を返した。

直後、部屋の紳士たちが一斉に拍手をした。

「素晴らしい。希に見る勇気の持ち主たちだ。すっかり感動させられました」

敗北を喫したアランだったが、彼はやたらと嬉々《きき》とした表情で二人を絶賛した。ウィリアムはそれに不信感を覚えつつも、シャーロックに倣って椅子から立ち上がる。

「私たちの勝利ですね。その若者は返して頂き――」

「――それでは、次のゲームに参りましょう」

「……あ？」

アランの信じ難い台詞に、シャーロックが顔を顰める。

「何言ってんだ？」

怒気に彩られた疑問に、アランは平然と言い返した。

「おや、もしやこれで終わりとお思いになったのですか？　だとすれば少し見込みが甘いというものですよ」

ウィリアムがシャーロックとは反対に冷え切った声音で尋ねる。

「ゲームに勝てば彼を解放するという約束は？」

「ええ、それは約束しました。ですが『無事な状態で』というのは条件には入っておりませんでしたので」

アランの返答を合図に、彼の仲間が人質に突きつけたナイフでその頬を素早く切り付ける。若者は甲高い悲鳴を上げた。

「てめえ……」

非道な行いにシャーロックは改めて怒りを覚える。そしてウィリアムはゲーム開始前に抱いた予感が現実となった事を知る。

やはりこの男は――自分が勝つまで続けるつもりだ。

明確な決着が付いたにも拘わらず、敗北を受け入れない矮小《わいしょう》な自尊心。それを守る為ならば、あらゆる手練手管を駆使してゲームを強要するつもりなのだ。

「あなたは『恥を知る』という言葉を知らないのですか？」

「――知っているさ。私にとって最大の恥辱とは、貴様らのような人種に対して負けを認める事に他ならない」

途端にアランが上辺の敬語を捨てて、凄《すご》みを利かせた語気を吐き出す。するとシャーロックが肩を竦《すく》める。

「んな浅はかな動機でここまでするとは、女の我が儘《まま》より質《たち》が悪いぜ。本当に対等な立場ですするならともかくな」

「若造が知ったような口を利くんじゃない。いいか？　貴様らと私では『対等』の意味が違う。いつだって弱者は強者の顔色を窺い、その恩恵にあやかりながら生きていく。その上下関係のバランスが保たれてこその『対等』なのだ。つまりこの場においては、絶対的に優位な立場にいる私こそがルールであり、遵守すべき法理。分かったらとっとと指示に従え」

「…………」

アランの倒錯した理論には、ウィリアムたちだけでなく、他の仲間からも失笑が漏れる。この小さな世界で『対等』なゲームを続けている内に、この男の傲慢な性質は膨らみ続け、手の施しようの無いレベルに到達していたらしい。

だがいくらこちらが不平を訴えようとも、人質は助からないのも事実。

「最早《もはや》、道理は通じないようだ」

何度勝っても、勝ちは訪れないという矛盾。ウィリアムが諦観を込めて言うと、シャーロックも同感だとばかりに大きな溜息を零《こぼ》した。

「仕方無え、俺らは次のゲームも受ける。それでいいんだろ？」

アランは勝ち誇ったように笑いかけた。

「それでいいんだ。……では、次のゲームを始めよう」

「また同じゲームですか？　それとも別のものを？」

ウィリアムが問うと、アランが仲間に近寄って耳打ちし、更に二つの拳銃を用意させ、それを机に置く。

拳銃が三丁。つまり次のゲームの参加人数は三人。となれば、やはり――。

ウィリアムが銃を注視して黙り込んでいると、アランが語り出す。

「察しが付いているようだな。次のゲームも先刻お前らが客と話していたものだ」

『三人で三つの銃を使うものをやりまして』。広間でそんな話を聞いたのをシャーロックは思い出す。

「次のゲームは私一人とお前らの三人で行う。それぞれが銃を取り、順番を決める。だが今度は自分の番が来たプレイヤーは別のプレイヤーに向けて撃っていく。最後に残った一人が勝者だ。……いや、勝者はたった一人と言い換えるべきかな？」

勝者は一人。そのルールが意味する事を二人は察した。

一人しか残らないのならば、仮にどちらかが勝ったとしても、片方は敗北する。

ウィリアムとシャーロック、必ずどちらかが――死ぬ。

アランは説明を続ける。

「そして最も重要なのは、三丁の銃に込める弾数はそれぞれ異なる、という点だ」

シャーロックは首を傾げる。

「異なる？　全部一発ずつじゃないって事か？」

「そうだ。つまり込める弾はそれぞれ六発、三発、二発と違う数にする。そして弾が少ない方から順に撃っていく」

装弾数六発の銃にそれぞれ六発、三発、二発。確率に変換すると、一分の一、二分の一、三分の一。もし三人目まで順番が回った場合、確実に一人が撃たれる。

「…………」

ウィリアムはこのルールが生み出す展開について考えを巡らせていた。

確実に二人が死ぬ変則型ロシアン・ルーレット。まともに進行すればこちらも一人が犠牲になるが、その危険度はアランも同じ。だが保身に長《た》けた彼の事、確実に生き残る術《すべ》があるに違いない。そしてその術とは――アレだ。

想定していた答えを実証したウィリアムは、横目でシャーロックを見る。

後は、彼に死んで貰うだけ。

心中で不吉な予告をすると、ウィリアムは言った。

「順番についてですが……どうお決めになりますか？」

アランは顎に手を添えて口角を吊り上げた。

「今回は前と違って私が不利だ。なので先に選ぶ権利は私にあると考えるのが妥当だ」

「！　てめえはいい加減に――」

開き直ったような理屈にシャーロックが詰め寄ろうとするが、すんでの所でウィリアムが腕を上げてその動きを制した。いくらでも相手の我が儘が通ってしまうこの場では、何を言っても無駄だ。

「それで、あなたは何を選びます？」

「私は三発入りの銃を選ぶ。つまり二番手だ」

「分かりました」

弾丸三発がアランと決定した。

「ホームズさんは？」

「……いいのか、俺が先で？」

「構いません」

シャーロックは苦渋の決断を迫られたように、ゆっくりと告げる。

「俺は……六発入りだ」

「三番手ですね。つまり私が二発、最初の番ですね」

話し合いの末にシャーロックとウィリアムの順番が決まり、二人は新たに出された二丁の銃を手に取った。

これで、一番手は二発入りの銃のウィリアム、二番手は三発入りの銃のアラン、最後は六発入りの銃のシャーロックに決まる。

アランは逃げ出す事も出来ず良いように動かされる二人を面白おかしく眺めていたが、二人の中には焦燥など無い。一見アランの意見ばかりが罷《まか》り通っているように思えるが、実は万事がウィリアムの手の平の上の出来事だった。

結局、アランはゲームに執着しているに過ぎない。反対にウィリアムたちは勝敗など既に眼中に無かった。これは相手が満足するまで延々と繰り返される。そんな茶番に付き合う気など毛頭無い。

「順番は決まったな。それでは銃に弾丸を込めていくが、その弾については――」

「――プレイヤーが行うと弾の数を鯖読《さばよ》む恐れがありますね。なので別の方にお願いしてもよろしいですか？」

アランの台詞を横取りする形で、ウィリアムは自ら銃を後方に待機していた紳士に差し出した。

先を越されたアランは不快そうに鼻を鳴らす。

「……分かっているじゃないか。そうだ。『対等』にする為に第三者に弾を込めさせる」

そして彼も背後の仲間に銃を手渡した。全員がアランの身内である以上、対等も何も無いのだが、ウィリアムもシャーロックももう何も口にしない。

その代わり、ウィリアムは耳を澄ましていた。アランの仲間が淀《よど》みなく弾を込める音がする。シャーロックの銃は六発。アランの銃に三発。自分の銃には二発。そこだけは律儀にルールを守っているようだ。まるで「この勝負が対等である」と自分自身に言い訳するように。

すぐに準備が整い、ゲームが開始された。

一番手は、ウィリアム。

彼は二発の弾丸が込められた銃を見る。やはり傷があった。本体部分に三つ。そして、弾倉に一つ。

「さあ、貴族の若造。どちらを撃つ？」

ウィリアムが狙う的は、シャーロック。アラン。そして……。

撃鉄を起こし、ウィリアムは狙いの箇所に銃口を向ける。直後、アランと仲間が一斉に言葉を失った。

ウィリアムは――自分の頭に銃口を当てていた。

そして周りの反応など気にする素振りもなく、躊躇《ちゅうちょ》無く引き金を引く。

――不発。

ウィリアムの謎の行為に、アランたちは暫《しば》し唖然《あぜん》としていた。

「お前、一体何を――」

そして次番のアランは奇行の理由を問い質《ただ》そうとしたが、すぐにはっと何かに思い至ってシャーロックに銃を向けると、引き金を引く。

二分の一で引き当てる弾丸は、発射された。

「ぐっ……」

腹部に弾丸が当たったシャーロックは苦悶《くもん》に顔を歪《ゆが》めながら椅子から崩れ落ち、そのまま床に倒れて動きを止める。

「これで、ホームズさんは脱落です」

シャーロックの『死』を視認したウィリアムは、淡々と告げる。

相棒の被弾を至極冷静に受け止めるウィリアムに、アランは初めて恐怖を感じた。

「これを、狙っていたのか」

初手のウィリアムが不発に終わった時、二番手のアランは次番で必ず弾丸を撃てるシャーロックを仕留めなければならない。そして仕留めたらシャーロックが抜けて次はウィリアムの番になる。

狙い通りに事を運んだウィリアムは、戦慄するアランに穏やかな口調で語りかける。

「三人の殺し屋の話をご存じでしょうか」

ある日、三人の殺し屋が集まり、銃を使って決闘をする事になった。

三人は銃の腕前に差があり、一人は百発百中で三発撃てば全弾当てられる。一人は三発中二発当てる事が出来て、残り一人は三発中一発しか当たらない。

順番に一人ずつ銃で二人の内どちらかを撃っていく事になったが、腕前の差を無くす為、一番未熟な殺し屋から撃っていく事になった。

さて、一番手になった『三発に一発しか当たらない殺し屋』は、どうするのが合理的か。

正解は——空中に向かって撃つなどして、どちらの殺し屋も狙わない。

普通なら最も危険な『百発百中の殺し屋』を狙いたいが、仮に初手で彼を仕留めたとすると、次に『三発中二発の殺し屋』に狙われる。

だがどちらも脱落しなければ、二番手は必ず『百発百中』を狙う。そしてそれが成功すれば、直後は自分に次の番が回ってくる。なので最初は『誰も仕留めない』が最善策だ。

一見無意味と思える行動が、実は最も合理的な選択。

論理と直感のズレ――パラドックスだ。

「微妙な違いはありますが、偶然にもこのゲームがその話と酷似していたので応用しました。自分に銃を向けたのは少々演出が効き過ぎましたけど」

矛盾には矛盾を――そう言うと、ウィリアムは微笑を浮かべる。悪魔のような微笑を。

一瞬、相手の得体の知れなさにアランは冷や汗を流したが、すぐに冷静さを取り戻す。

「お前がそこそこ頭が切れるのは分かった。だがここからはどうかな？　次にお前の銃が発射される確率は五分の二。そして私も一発撃った事で残弾が二発となり、同じく五分の二。条件は対等だ」

「対等ではありませんよ。あなたは次の番で自分の銃が必ず発射されると知っているのでしょう？」

「……は？」

ウィリアムが断言すると、アランが絶句した。ウィリアムは自分の持つ銃の表面を指で撫《な》でた。

「私たちが使うこの拳銃、弾倉を回転させると特定の位置で止まる仕組みになっています、ね？　弾倉に付いた傷はその目印だ。つまりこれらの銃を使ったゲームは最初からイカサマだった」

ウィリアムは呆然《ぼうぜん》とするアランを見ながら続ける。

「だからあなたは前のゲームでも臆する事無く二発弾を追加し、ホームズさんが五発の弾丸を込めた際も、弾が出ない事を把握していた」

そして、机に人差し指をトンと置く。

アランは銃に隠された秘密が暴かれショックを受けていたが、すぐに堂々と開き直る。

「その通り。この銃はイカサマ用だ。当然このゲームにも使われている。私のものには最初から三発出るように。そしてお前のは反対に最後から二発。――分かるか？　つまり次にお前が引き金を引いても不発で、私の番になれば必ず発射。既にゲームセットなんだよ」

「あなたこそ分かっていないのですか？　私たちがその事実を知っている事が何を意味するのかを」

ウィリアムは相手の認識不足に呆れながら、滔々《とうとう》と語り聞かせる。

「前のゲームの最中、私はホームズさんにこう言いました。『お勧めします。二発分、入れないのを』と」

拙い口調で発せられたあの言葉が意味する事。

「あれの意味は『二発分、進める』。その後ホームズさんは荒々しく弾を装填しました。――弾倉に傷が付くくらいに」

アランは口元を手で覆いながら自分の銃を見た。

「……まさか、私の銃は」

「私たちが新たに出された拳銃を手にしたので、あなたは前のゲームで使用された、『二発分傷の位置がズレた拳銃』を持っています。前の傷も残っていますが……ホームズさんなら、あなたの仲間の目を欺くような傷を付けたでしょう」

ウィリアムはこれ以上は解説不要とばかりに口を閉ざす。

装弾数が増えていくロシアン・ルーレットで、シャーロックは急に無軌道な行動を取った。

アランは彼の急変を単なる自棄と断定したが、実はシャーロックはウィリアムのメッセージを受け取って、心は冷静なままに命知らずな様を演じていた。そうする事で乱暴に弾を入れた事も弾を限界まで追加した事も、ただの吹っ切れと解釈され自分たちがイカサマを看破していると疑われずに済んだのだ。

だがイカサマを逆利用したその方法には穴がある。新たに傷を付けたからといって前の傷が無くなる訳ではない。きちんと傷跡を見比べればその違いに気付いたはず。

そう考えたアランが背後に控える仲間を振り返るが、彼の仲間は戸惑っているのか一言も返さない。正確な位置に弾を込めた自信が無いのだ。アランの内側で焦燥が膨らむ。

シャーロックが仕掛けた罠《わな》が成功していれば、アランが持つ銃の弾の配置は変わる。装弾数六発で、最初に三連続で発射される予定だった位置は二つ前にズレて、最初に一発、最後に二発となった。

既に一発は撃たれ、残りは後半に二発。これは今のウィリアムと全く同じだ。同じならば、先手であるウィリアムが一手早く弾丸を撃ち込める。

つまりこの変則型ロシアン・ルーレットは、アランがイカサマ銃を使用し、仲間が傷の位置を誤認し、ウィリアムが最初の番になる、この三つの条件が揃った時点で、ウィリアムの勝利が決定していたのだ。

「こんな、ふざけた事が……」

ゲーム開始の段階で、決着が付く。

それは本来アランが仕組んでいた事だった。だがウィリアムはそれを逆手に取って勝敗を逆転させてしまったのだ。

絶対的優位にも拘わらず二度も勝利を逃し、アランは腸《はらわた》が煮えくり返る思いだった。

「つ、次だ！　次のゲームならお前に勝てる！」

ウィリアムは銃を置くと、憐《あわ》れむように首を横に振った。

「残念ながら次はありません。もう私たちには、あなたのような方に付き合っている時間は無いのです」

にべもない回答に堪忍袋の緒が切れたアランは机を激しく叩いた。

「いちいち人を見下しやがって、このガキが！」

「そうやって人を妬むことばかりしているから、足下が疎《おろそ》かになる」

ウィリアムが教師然とした声で告げる。アランが意味を解する間もなく、床から撃鉄を起こす音がした。

「――動くんじゃねえぞ、お前ら」

そして、倒れていた探偵がゆらりと立ち上がった。腹部に弾丸が直撃したというのに、その顔には苦痛の色は無く、悪戯《いたずら》を成功させた子供のような笑みがあった。その手には、六発の弾丸が入った拳銃が握られている。

「ホームズ、貴様どうして」

「理由なんざ説明する気にはなれねえよ。とにかく、全員大人しく手を上げろ」

混乱の只中《ただなか》にいる敵に対し、シャーロックが鋭い語気で命じる。

完全に不意を衝かれた為か、アランの仲間たちは抵抗する様子も無くおずおずと両手を

上げた。人質だった若者はそろりと敵から離れる。

　ウィリアムが悠々と立ち上がる。

「最初から私たちの狙いはこの状況を作り出す事にありました。あなた相手にいくらゲームに勝ってもキリが無い。ならば、その舞台ごと覆してしまえばいい。その為にホームズさんが死亡という形でゲームを脱落できるこのゲームは絶好の機会でした」

　ウィリアムの目論見通り、彼らは皆、真っ先に自殺行為めいた行動をしたウィリアムに気を取られ続け、倒れたシャーロックには誰も注意を払っていなかった。そして絶妙なタイミングでシャーロックが復活し、反撃の要となった。

　相手優位の状況を瓦解させる策が見事炸裂《さくれつ》し、満足げな笑みを湛えるウィリアムとシャーロック。

「この、若造共が……」

　そんな二人を、アランは恨めしそうな目で睨《にら》み付けていた。

「おや、この期に及んで敗北を認めるつもりは無い、と。それもいいかもしれません。人数で勝るあなた方が一斉に銃を抜けば確実に私たちを殺せます。ですがホームズさんも必ず数名を射殺するでしょう。あなた方にはその『数名』になる覚悟ができていますか？」

「これこそが正真正銘、対等で刺激的なやり取りだ。さあ、ゲームに参加する奴はいるか？」

堂々と自らの命を張る二人に対して、動きを見せる者は一人もいなかった。

所詮アランたちの示す『対等』とは、安全圏から嘯《うそぶ》いていたに過ぎない戯《ざ》れ言だったのだ。

そんな彼らに、真の命のやり取りの中で生きるウィリアムが温和な笑みを向ける。

「どうやら参加者が集まらないようなので――これにてゲームセットですね」

「しかし外套に、鉄板を仕込んでたとはな。……お前、本当に大学の教授か？」

「以前、犯罪組織に拉致された経験がありましてね。その時から身の安全には少しばかり気を遣っているんですよ」

鉄板入りの外套を返すシャーロックに、ウィリアムは事も無げに説明する。

ゲームに完勝して若者を解放した二人は、クラブの建物前でアランたちが警察に連行されていく様子を見ながら、馬車の近くで雑談に興じていた。

「まあ、俺が弾倉に付けた傷をあいつらが本当に見間違えてたかは少々不安だったがな」

「確かにその点は定かではありませんでしたが、アランが降りる事は強く確信していました。彼は自分の安全が確保されなければ勝負には踏み切れない質ですので、敗北の可能性がちらつけばあっさりと勝負を投げます」

「だな。実際あいつはお前に銃を向けもせず次のゲームに移行しようとしたしな」

シャーロックはウィリアムに同意する。シャーロックもアランの行動を予測してはいたが、一方で相手を勝負から降ろすのは容易な業では無い事も知っている。

ウィリアムは弾が発射されるかもしれない銃を前にしながら、言葉巧みにアランの心に疑念を芽生えさせ、そのままゲームを自ら降りるように仕向けた。

難度の高いブラフを成功させた大学教授に感心しながら、シャーロックは感謝を述べる。

「とにかく、あの苦境を脱する作戦にしろ色々世話になったな、リアム」

「こちらこそ、学生たちに悪影響を及ぼしかねない不安を取り除けたのですからお相子ですよ。……しかし、ここまでホームズさんの捜査に付き合ってしまうと、何だかワトソン氏に申し訳ありませんね」

「あいつの事だから、羨みはしても恨むなんて事は無ぇよ。取り敢えず、今回はお前の手柄って事にしておくぜ」

「私の手柄だなんて過大評価ですよ。寧ろホームズさんが私の意図を即座に察してくれたお陰でもありますし。普通の方ならあそこまで上手《うま》くはいきません」

くすりと笑うウィリアムに、シャーロックが真剣な声音で問いかける。

「けどよ、リアム……もしかしてお前は、相手があのロシアン・ルーレットを仕掛けてくると事前に分かってたのか？」

ウィリアムは前もってシャーロックに外套を着せた。

おかげでシャーロックは被弾しても致命傷を負わずに済んだが、見方を変えればウィリアムは彼が撃たれる事を予期していたと考えられる。

もしそれが最後のゲームの内容にまで考えが及んでの行為であったなら神懸かった判断だ。だが聞かれた本人はただ困ったように苦笑する。

「それは深読みし過ぎですよ。外套については私はただ荒事が起きた時の為に念を入れただけです。戦闘になれば、日頃危険な犯人たちを追っているホームズさんの方が頼りになりそうですから。それに最後のゲームに関しても、他の方から予《あらかじ》め聞いていましたし、それを持ち出してくる事は十分考えられましたよ」

「うーん……まあ、確かにな」

謙遜するウィリアムに、シャーロックも不承不承ながらも納得せざるを得なかった。

しかし——シャーロックは思考する。

仮に今回の件で、自分の依頼が無くともアランたちの討伐が予定されていたという前提で考えた場合。

前もって綿密に調査すれば、アランという人物の性格上、彼が自分優位の状態でゲームを強要してくる流れは想定できる。ならばそのゲーム内容を予め知る事が出来たとしたら。

確か、ロシアン・ルーレットについて語った男は、『別の社交場で噂になっていた』と言っていた。つまりゲームの情報は第三者によってクラブに広まったもの。するとイカサマの方法も込みでわざと流布させる事は出来る。

そしてその仕込みを終えた後、クラブに乗り込み標的と接触。相手がどのようなゲームとイカサマをしてくるかは把握しているので、逆に利用して相手を制する。それを実行するのに、探偵の調査はちょうど良い機会でもあった。

――可能、とシャーロックは結論付ける。

敵の人間性、用いる手段、人数の全てを精査し、陥落させる。それには英国社交界を網羅する情報ネットワークが必須だが、それを有する黒幕的存在をシャーロックは知っている。

ふと、ゲーム開始前の『彼』の視線を思い出す。あの瞬間に自分を襲った、全身に糸が絡み付いたような感覚も。

それは事件を捜査している時にも感じる事があった。〝謎〟を解決した時、まるで全てがそうなるように仕向けられたような、自分が見えない糸によって操られているような、抗いきれない無力感。

『彼』の視線が発した糸。そして時折感じる、事件の最中に自分を操る糸。

二つの糸を辿っていくと、果たしてそこに誰がいるのか――。

そこまで推理を進めると、シャーロックは傍らの男を見た。

「どうしました、ホームズさん」

彼は平素と変わらぬ顔で自分を見つめていた。

「いや、何でもねえ」

思考を振り払うように、シャーロックは首を振った。

これらの説はあくまで『可能』というだけで推測の域を出ない。彼が言ったように、勝負に勝ったのは単なる様々な偶然の一致と考える方が妥当だ。下手に追及しても得る物は無いだろう。

それでも、自分に絡み付いた糸の先にいるのが、この男だったなら。

そう考えると、シャーロックの胸が高鳴った。

「それでは事件も解決しましたし、駅まで送りますよ」

話が一段落すると、ウィリアムが馬車の扉を開けた。

シャーロックは一言礼を告げて乗り込むと、胸に抱く決意を新たにする。

――待ってろよ、〝犯罪卿〟。

そう考える探偵の傍らで、ウィリアムも今回の件について思いを馳《は》せていた。

数式は『証明』されなければ定理とならない。

君は、僕が仕込む〝謎〟を全て解き明かし、〝犯罪卿〟の存在を証明しなければならない。故に、最悪あの場面で撃ち合いになったとしても、君には生き残って貰わねばならなかった。

事件の裏で全てを操っていたウィリアムは、予定通りの探偵の生還に今一度微笑を浮かべる。

〝犯罪卿〟が縦横無尽に張り巡らせた糸。いつかそれを辿ってシャーロックが自分を追い詰める時を、ウィリアムは心待ちにしていた。

こうして、尋常ならざる二人が手を結んだ、語られざる事件は終わった。

『犯罪相談役《クライムコンサルタント》』、ウィリアム・ジェームズ・モリアーティ。

『諮問探偵《コンサルティングディテクティブ》』、シャーロック・ホームズ。

帝国の未来を賭けた天才たちのゲームは、続く。

MORIARTY THE PATRIOT

2

ショウほど素敵な商売はない

光あるところに影ありと言うように、英国の輝かしい繁栄の裏側にも歴然たる暗部が存在する。

王国首都が抱える歪《ゆが》みを体現する場所の一つが、シティの更に東部、イーストエンドと呼ばれる一帯の貧民街だ。

杜撰《ずさん》な建築計画によって建物が密集し、網の目のように複雑化した路地は犯罪者らにとって格好の潜伏先となった。住民たちは良くも悪くも剝《む》き出しの生命力に満ちて、売春や蛮行が幅を利かせる。

そんなイーストエンドを形成する一部、ロンドン塔からやや北東に位置するホワイトチャペルの街を、一人の女――否、男が歩いていた。

体格はスラリとした細身で、金色に輝く髪は灰色がかった街の景色に鮮やかな彩りを添える。泣きぼくろがチャーミングな精緻な美貌には、自信に溢《あふ》れた微笑が湛《たた》えられていた。

その男――ジェームズ・ボンドは、物騒な雰囲気など意に介さず堂々とした足取りで進む。

『ジャック・ザ・リッパー事件』の調査でホワイトチャペルを訪れた際、ウィリアムの出身地がこの付近であると耳にしたボンドは、ウィリアムの人柄をより深く知ろうと、事件が終了した今こうしてこの貧民街を一人探索していた。

しかしその凜《りん》とした歩みとは裏腹に、彼は内心で微《かす》かに気落ちしていた。

――流石《さすが》に十年以上も経《た》てばウィル君に関係ありそうなものは残されていないようだね……。

ボンドは街を念入りに調べ回り、ウィリアムがルイスと暮らしていたという貸本屋があった場所にも行ってみたが、モランが言っていたように潰れてしまっていた。

やがて日も傾き始め、残念ながら他にウィリアムの過去を知る手掛かりも無いだろうと思い、ボンドが帰路に就こうと大通りの方へと向かっていた時だった。

「……おや？」

小さな空き地の前を通りかかったボンドの目に、奇妙なものが映る。

彼の視線の先、広場の中央で小さな子供たちが一人の赤毛の少女を取り囲んでいた。一瞬いじめの現場に出くわしたかと思い、ボンドは止めようと子供たちに近付く。すると中心にいた少女が元気よく声を出した。

「そーだわ。今日はおーみそかなんだもの」

少女は芝居がかった口調で言うと、両手を擦り合わせる。そして「シュッ」と呟《つぶや》くと、指先で何かを摘《つ》まむようにしながらその手を上空に掲げた。

するとその動きに合わせて、周りの子供たちもそれぞれ不思議な動きを始める。一人は「ボーボー」と口ずさみながら頭の上で手を振り、一人は「ガーガー」と言って両手を羽のように動かしている。

端から見ると、子供ならではの独特な世界観で行われる謎の遊びと取れるが、ボンドはその場に立ち止まって興味深く少女たちの動作を眺めていた。

あの動きは、恐らく『マッチ売りの少女』だ。

中心にいた少女は主人公のマッチ売り。そして他の子供は彼女がマッチを擦って現れた幻を表現している。つまり彼らはアンデルセンの有名な童話を各々の役割を決めて演じているのだ。

演技――一瞬、ボンドの過去の血が騒ぐ。

ジェームズ・ボンドはかつてアイリーン・アドラーというワルシャワ帝室オペラにも所属していた有名な女優だった。しかし国家を揺るがす機密文書を盗んだ事で政府に命を狙われていたところをウィリアムたちに救われ、その後ＭＩ６の七番目の特殊工作員として彼らの仲間入りを果たした。

今はアイリーン・アドラーという女は死亡扱いとなっており、当然ながら女優としての活動は一切していない。だが裏の任務に邁進《まいしん》する現在でも、演技に情熱を燃やしていた日々の思いが消えた訳では無かった。

ボンドが子供たちの遊びに好奇心をくすぐられながら微笑《ほほえ》ましく見守っていると、子供たちが彼の視線に気付いたようだった。

「……おにーさん、何か用？」

マッチ売りの少女を演じていた子が純粋な疑問の声でボンドに話しかける。すると他の子供たちも各々の動きを止めてボンドに視線を注ぐ。

予期せぬ注目を浴びてしまったボンドは少し慌てつつも、温和な態度で謝罪する。

「ごめんね。面白そうだったから、つい見物しちゃって。今君たちがしていたのは、もしかして『マッチ売りの少女』？」

「うん、そーだよ。でもどうして分かったの？」

「君たちの動きを見てたんだ」

そしてボンドは子供たちを一人一人指差していく。

「例えば君は主人公の女の子。そして君は彼女が見る幻に出てくる鉄のストーブで、君は次の幻に現れる美味《おい》しそうなガチョウ。そして君が最後に現れるお婆《ばあ》さんで――」

ボンドが一人一人の役柄を言い当てていくと、子供たちは目を輝かせる。

「すごいすごい！　もしかして、おにーさんは探偵さん？」

「探偵……」

その単語に図らずも以前世話になった男の姿を思い出し、ボンドはくすりと微笑んだ。

「違う違う。僕はとある屋敷の使用人さ。ここにはちょっとした用事があって通りかかったただけなんだ」

「へー」

ボンドの返答に特に疑問も差し挟まず、少女は続ける。

「ねー。おにーさんから見て、私たちのえんぎ、どうだった？」

感想を求められ、ボンドは少し考え込む。相手は一応子供なので適度に褒めて終わらせるべきだろうが、かつて女優としてプリマドンナまで登り詰めた誇りと演技への愛がついボンドの口を動かしてしまう。

「凄《すご》く上手だったよ。……でももう少し表現を増やすともっとよくなると思う」

「ひょーげん？」

少女たちが難しい顔をすると、ボンドはしゃがみ込んで彼女らに目線を合わせた。

「例えば、最初に『寒い』という演技をしていたよね？　あれはとても良かったけど、寒いのを表現するには手を擦る事だけじゃなくて……」

途中で言葉を切ると、ボンドは肩を震わせ、両手を擦りながら息を吐いて温める振りをする。心なしか顔色も変わっているように見える。迫真の『寒さ』の表現だ。

元女優の腕前が魅せる絶妙な演技に、子供たちは一斉に拍手をした。

「わー、おにーさんじょーず！」

喝采を浴びたボンドはその場で小さくお辞儀をする。

「こんな風にいくつかやり方を知っていると、より演技が深く楽しいものになるのさ」

「そーなんだー。他にもできる？」

卓越した技術を見せたボンドに、すっかり興味津々となった子供の一人が問いかける。

ボンドは快く頷《うなず》くと、両手を小さく羽の形にして「ガーガー」と鳴いた。その声質は鳥類と聞き間違えるほどで、子供たちはまたもや驚きの声を上げた。

「ガチョウの真似《まね》だー」

子供たちはまた嬉《うれ》しそうに両手を叩《たた》くと別の物真似のリクエストをして、ボンドがそれに応えていく。

ごっこ遊びを鑑賞していたら、いつの間にか参加して子供たちの人気者になってしまったボンド。彼が無邪気な子供を楽しませる事を喜ばしく感じながらも、辺りが本格的に暗くなってきたので彼女たちを家に帰そうと考えていると、最初に喋《しゃべ》った少女が空き地の外を指差した。

「あ、おねーちゃん」

そう言って少女が元気よく手を振ったので、ボンドもそちらに顔を向ける。その先には一人の女性が呆気《あっけ》に取られた様子で佇《たたず》んでいた。

彼女はボンドが振り向いた途端に我に返って、いそいそと彼らの元に歩み寄ってくる。指差した少女も走り出して彼女の膝元に抱き付いた。

「おねーちゃん。おかえりなさい」

「ただいま、メイ」

女性は少女の名前を呼んで微笑みかけると、次に恐る恐るボンドに目を向ける。栗色《くりいろ》の髪を後ろで束ね全体的に暗い雰囲気があるが、顔立ちはそれなりに整っていてボンドと年齢はそう離れていないように見える。

「えっと……あなたは？」

「ああ、僕の名はボンド。ジェームズ・ボンドだ」

おずおずと素性を尋ねてきた女性に、ボンドはシンプルに自己紹介する。

「はあ、ボンドさん……ですか」

しかし彼女の反応は鈍い。きっとまだ理解が追いついていないのだろう。確かに、薄暗い空き地で美青年が子供に交じって遊ぶという光景は不可思議以外の何物でもない。

それでも、相手から不審や警戒といった感情は発せられていないのをボンドが奇妙に思っていると、女性が慌てて頭を下げた。

「す、すいません。申し遅れました。私は、こ、この子の姉で、マーヤと言います」

「マーヤさんか。よろしく……って言いたいところだけど、家族が知らない人と一緒に遊んでいたら普通戸惑うよね。まずはその事について謝らせて貰《もら》うよ。ごめんなさい」

そう言ってボンドも頭を下げる。親しみやすい口調ながらも紳士的な対応をされドギマギしているマーヤに、ボンドは子供たちといた経緯を明かす。

「――そういう訳で、メイさんたちの遊びに参加させて貰ったんだ」

「おにーちゃん。すっごく物真似じょーずなのー」

ボンドの説明に合わせて、子供の一人が自慢げに言う。そして他の子供たちと共にボンドが演じた人や動物の声真似を始めた。演技を教えるつもりが途中から物真似の披露がメインになっていたが、それはそれで楽しかったのでボンドも文句は無い。

するとマーヤはボンドの顔色を窺《うかが》うようにこう尋ねてきた。

「あ、あの……実は結構前からボンドさんの演技を見させて頂いてたんですけど……その、もしかして、あなたは何か舞台の仕事でもしてらっしゃったんですか？」

「えっと……」

ボンドは一瞬返答に窮したが、素性を明かさぬようぼかした表現で伝える。

「当たらずとも遠からずってとこかな。ま、演技に関しては一家言あるみたいな感じだね」

「そ、そうなんですか」

彼女は一応納得した様子だったが、暫《しばら》く落ち着き無く視線を彷徨《さまよ》わせると、慎重な声音で言った。

「あの……ボンドさん。じ、実は私、仲間と一緒に、小さな劇団を、やっているんです」

「へえ、マーヤさんも役者をやってるんだ」

「はい。そ、それで、初対面で、いきなりこんな不躾《ぶしつけ》な真似をするのは、非常に、心苦しいのですが、あなたの演技力を見込んで、ええと、折り入ってお願いがあるんです」

「……お願い？」

マーヤは一拍間を置いてから、意を決したように告げる。

「私たち、今度とある劇場で台詞劇《せりふげき》の芝居をするのですが、そその、その演技の稽古を、ボンドさんに見て頂きたいんです」

するとすると彼女は素早く頭を下げた。

「稽古を、見る？　僕が？」

突然の依頼に、ボンドは自分を指差して驚く。彼の反応を申し訳無さそうに見つつも、マーヤは続ける。

「私たち、それなりに練習を積んではいるつもりなのですが、なにせ吹けば飛ぶような小規模な劇団ですので、これまで大きな劇場で演技をした経験が無いもので……だから、演技の知識をお持ちのボンドさんに、私たちの今の実力を測って……その、あわよくば、助言を頂けたら、と」

「なるほどね」

理由を告げられてボンドも納得する。

一八四三年に制定された劇場法によれば、英国における『劇場』とは宮内庁長官によって興行を許された場所の事を指す。加えて、特定のジャンルの作品を上演するには台本の検閲を受けて許可を得る必要があった。

だが音楽を使用すれば検閲には引っかからないという法制度の隙間を抜けるような手法で営業している非正規の劇場も数多く存在する。そして観客には労働者階級の粗野な者も多い為《ため》、彼ら好みの歌って踊ってを楽しむような見世物を披露する場所も多い。

マーヤの話し振りからすると、彼女たちの劇団もそんな非正規の劇場で音楽を取り入れた公演を行ってきたのだろう。なので公式に上演を許可された『劇場』で本格的な演技を披露した経験が無い為に、ボンドに自分たちの演技の評価を依頼しているのだ。

相手の事情を把握したボンドは、ふと疑問に感じた点を聞いてみる。

「一応聞いておくけど、劇団である以上演出家がいるはずだよね？　僕が下手に口を出したら、その人は怒らない？」

「演出は、私が担当しています。ち、ちなみに座長も私です」

彼女の言葉にボンドは少なからず驚かされた。正直、こんなおどおどしてお世辞にも意志が強そうに見えない者が、小規模とはいえ一劇団の指揮を執っているようには思えなかったからだ。

しかし彼女は終始俯《うつむ》きがちである一方、相手を見据えるその瞳に曇りは無い。それだけで彼女の頼みが真剣なものであるとボンドには分かる。

「あの……やはり、ご迷惑でしょうか？」

マーヤがやはり恐々とした口調で尋ねるが、ボンドは一つ首肯してから言った。

「――いいよ」

「え？」

思いの外あっさりと了承されて意外そうにするマーヤ。そんな彼女にボンドはもう一度告げる。

「その依頼、引き受けるよ。独学で学んだ部分もあるけど、それでよければマーヤさんたちの演技を見させて貰おうかな」

彼女はすぐにペコペコと頭を下げ、初めて大きな声を出した。

「あ、ありがとうございます！」

ボンドに深く感謝を告げるマーヤと一緒に、子供たちも歓喜に飛び上がった。


翌日。屋敷での仕事を終えたボンドは、ホワイトチャペルのレマン街《ストリート》にあるというマーヤたちが普段稽古に励んでいる劇場に向かっていた。

物騒な通りを行く彼の他にも、モリアーティ家の使用人が三人付き添っていた。ボンドはその一人であるフレッド・ポーロックを見る。

「本当はフレッド君だけでも良かったんだけど……二人もわざわざ来てくれてありがとう」

それからボンドはフレッドの少し後ろを歩くジャック・レンフィールドとセバスチャン・モランに感謝を告げた。

演技の評価にあたり変装の達人であるフレッドからも意見を伺おうと声をかけたら、ジャックとモランも興味を示したので四人で稽古を見に行く事になった。勿論《もちろん》ルイスの許可は貰っている。

ジャックは「ガッハッハ」と豪快な笑い声を上げた。

「何、礼を言われる事でも無いさ。演劇ならばワシもそれなりの数を鑑賞していてな。素人目にはなるが、その劇団の方々の助けになればと思ったんだ」

うんうんと昔を思い出して感じ入る老執事に、モランが呆《あき》れ半分に言う。

「ジジイの事だから、どうせ劇団の若い女目当てなんだろ？　ボンドの話じゃ、そのマーヤって座長もそれなりに美人だって言うし目の保養目的で――って、痛って！」

余計な口を利くなという注意の意味で、モランの頭をジャックがはたいた。

「女目当てはお前の方だろ。全く、屋敷の仕事も碌《ろく》に終わらせないで付いてきおって」

「俺はちゃんと自分の分は終わらせてきたぞ。今回ばかりはサボりじゃねえ」

「たわけ、出発前にチェックしたら廊下に煙草《たばこ》の吸い殻が落ちていたぞ。ルイスを困らせるのも大概にせんか」

「……ま、まあ、人数は多い方が楽しいしね」

「…………」

後方二人のお馴染《なじ》みのやり取りを聞きながら、ボンドが苦笑し、フレッドが沈黙する。

やがて一行は目的地に到着した。劇場の前ではマーヤが妹のメイと共にボンドを待っていた。

「おにーちゃーん」

「やあ、昨日ぶりだね」

ブンブンと大きく手を振るメイに、ボンドが微笑んで挨拶をする。するとマーヤは申し訳なさそうにしていた。

「す、すみません。いつもは、家の近くで他の子と遊ばせてるんですが、今日は一緒に来ると言って、聞かなくて……ところで、あの、そちらの、り、凜々《りり》しいお三方は？」

「ああ、彼らも僕と同じ屋敷で働く使用人たちさ。小柄なのがフレッド君。少し強面《こわもて》なのがモラン君。ダンディーなお爺《じい》さんがジャックさん。あくまでマーヤさんが良ければだけど、彼らの意見も参考にしようと思ってね」

ボンドの紹介の後、三人もそれぞれ挨拶をした。するとボンドは困惑しているマーヤに対して、若干気まずそうにする。

「……もしかして大人数で押しかけたのはマズかったかな？」

するとマーヤは「いえいえ」と慌てて手を振る。

「い、色々な方から、貴重なご意見を頂けるのは、大変有り難《がた》いです。とと、取り敢《あ》えず、ここで立ち話も何なので、中へどうぞ……」

マーヤがへこへこと低姿勢のままボンドを劇場の中へと案内する。昨日と同じで辿々《たどたど》しい話し方だが、今日はそれに緊張も加わっているようだ。

「どことなく影があるが、それが魅力に繋《つな》がっている。若き未亡人タイプの儚《はかな》げな美しさ、といったところか」

「確かに美人だが、俺の好みじゃ無《ね》ぇな。別れ際にこじれそうなタイプだ」

「えっと、ごめんね。二人共、少しだけ声量を抑えてくれると助かるかな」

背後で座長マーヤについて意見を囁《ささや》き合うジャックとモランを、ボンドがやんわりと諌《いさ》める。

入場口から進んだ先の内部は手狭な空間で、上方にある桟敷席などはいかにも急拵《きゅうごしら》えで設置したような印象を受ける。正直、劇場よりは芝居小屋と呼ぶ方がしっくりくる内装ではあるが、案内するマーヤは誇らしげだった。

「ここの支配人さんは、とても良い人で、私たちが練習したいと言ったら、快く貸してくれたんです。夜は公演があるので、昼間限定で」

「信頼されてるんだね」

心から感謝の気持ちを込めて話す様を見て、ボンドは彼女の人柄に好感を持った。暗い雰囲気で誤解を招きやすいのだろうが、中身はきっと純粋な人なのだろう。

「そう言えば、マーヤさんが座長として演出を務めているみたいだけど、今度やる大劇場の手配とか舞台装置なんかは別の人が担当しているの？」

「舞台装置は、別の団員が担当してくれていますけど、交渉などは、わ、私がさせて頂きました。とはいっても、その大劇場の持ち主である貴族の方から、別の劇団の前座をやらないか、と打診され、それを引き受けただけの形ですが」

「でも前座とはいえ大舞台に出演する話が持ちかけられるなんて凄いじゃないか」

「はい。私たちみたいな、貧民街出身の劇団にとっては、世間に認めて貰える数少ないチャンスなので、団員たちも張り切っています」

そう言ってマーヤは密《ひそ》かにグッと拳を握る。きっと一番張り切っているのは彼女本人なのだろう。

客席に人影は無く、舞台の上では劇団員と思《おぼ》しき男女数名が柔軟体操や発声練習をしている。昨日空き地で遊んでいた子供も数名舞台上ではしゃぎ回っていた。

舞台にいた中でも一際大柄な男が、入ってきたボンドたちに気付いて声をかける。

「おお、その人が噂《うわさ》の大先生か？」

妙にハードルの高い呼び名にモランが口笛を吹いた。

「大先生、か。まあ、ボンドの経歴からすりゃもっともな呼び名だな」

「ふふ、光栄だね」

ボンドは持ち前の度胸と余裕で受け入れる。そのまま彼はマーヤについて舞台に上がり、他の三人は目立って稽古の邪魔にならないよう端の方の客席に座った。

団員たちが各々の動きを止めて並ぶのを待ってから、マーヤがボンドを紹介する。

「みんな。この方がこれから私たちの演技を見て下さる、ボンドさんです」

途端に、彼女の声音がはっきりと芯が通ったものになる。その変化に少し意表を衝《つ》かれつつ、ボンドは一同をざっと見渡した。

「皆さん、初めまして。本日は宜《よろ》しくお願いします」

そう厳かに告げて一礼すると、劇団員一同も「お願いします」と揃《そろ》って頭を下げた。

団員たちの挨拶から、ボンドは彼らの礼儀正しさと結束力の高さを感じ取る。そしてボンド自身、かつて舞台に立っていた頃の緊張感がふつふつと湧き上がってきた。

ボンドは改めて気持ちを特殊工作員から一役者の仕様に切り替え、真剣な眼差《まなざ》しでマーヤたちの顔を見渡した。

「それじゃあ、いきなりだけど、君たちの演技を見せて貰おうかな」

「はい」

前置きも無く出された指示にも、マーヤたちは余計な質問もせず準備を始める。安価な劇場でしか劇をやってこなかったとはいえ、既に彼女たちが培ってきたプロ意識の高さが発揮されていた。

「マーヤさん。上演する演目は何かな?」

真正面の客席に移動したボンドは、妹と子供たちにも席に着くよう指示するマーヤに問いかける。

「演目は『紅《あか》い靴』、『人魚姫』、『マッチ売りの少女』の三話です」

「へえ、童話をやるんだ」

ボンドは予想外の題目に関心を寄せる。

今はシェイクスピアが流行する中、児童文学を正規の劇場で、かつ真面目な台詞劇で行うというのはなかなか度胸のいる挑戦だ。

だがそれ故に、型破りな事を好むボンドとしては興味をそそられる。昨日子供たちが『マッチ売りの少女』を演じて遊んでいたのも、きっとここの影響だろう。

すると最初に声をかけてきた男が、威勢の良い声で話しかけてきた。

「面白いだろ。マーヤはな、いつも俺たちみたいな頭の悪い貧民でも分かるような劇を作ってくれんのさ。今度の台本も全部あいつが書いたんだぞ」

「あんたも劇を作る側だったら、まともな台詞の一つも書けるようになりな」

男の自慢げな口調に、傍らにいた別の女性が溜息《ためいき》を吐《つ》く。しかし男は構わず話を続行する。

「普段は『ハムレット』やら『マクベス』なんざ退屈だなんて言う連中も、マーヤが分かりやすく噛《か》み砕いてくれるおかげで、すっかりシェイクスピアの虜《とりこ》になっちまったぜ」

「誰にでも分かりやすく作品を解釈する。……素晴らしい才能だね」

だが非正規の劇場でまともにシェイクスピア作品を上演すれば検閲に引っかかってしまう。なので上演の際には音楽を混ぜ合わせるなどしつつ上手《うま》く脚色したのだろう。

ボンドが褒め言葉を送ると、男が「ありがとよ」と返す。団員たちのマーヤへの尊敬の気持ちが表れていたが、当の本人は照れ隠しなのか妙な深呼吸をしていた。

つまり万人に分かりやすい劇を追求した結果、彼女の行き着いた答えが『童話』なのだろうか。確かに、前座の短い時間で見せられるものとしては最適かもしれないが……。

「おにーちゃんの横、私ー」

「あー、ずるーい」

劇の演目について何かが引っかかり、思索に耽《ふけ》るボンド。その近くを取り合うように、子供たちが席に座る。左隣の席を手に入れたメイがボンドに話しかけてきた。

「おにーちゃんも『どーわ』好き?」

ボンドは一旦思考を切って、メイに微笑んだ。

「うん。僕も小さい頃に読んだからね」

「私も、おねーちゃんたちがいつもふりつけといっしょに読んでくれるから好きー」

メイが言うと、他の子供も「僕もー」と手を挙げた。役を演じながら音読とは、劇団らしい読み聞かせ方だ。

だがすぐにメイは不満げに口先を尖《とが》らせた。

「でも、このお話、ほんとは嫌い」

「……どうして?」

「だってどれも女の子がかわいそーな目にあっちゃうんだもん。だからはっぴーえんどに変えてってお願いするんだけど、おねーちゃんは『げんさくのいしをそんちょー』って聞いてくれないの」

彼女の言葉に、ボンドは違和感の正体が分かった。

これら三つの話は、どれもメイが言うように全て主人公が不幸な境遇に置かれ、亡くなってしまう物語だ。童話は残酷なものも多いとはいえ、ハッピーエンドを迎える作品もあるというのに。この選択には隠された意図のようなものがあるのだろうか。

新たな疑問が浮上し考え込んでいると、メイが身を乗り出してくる。

「ねえ、おにーちゃんも『げんさくのいしをそんちょー』が大事なの？　どんなに悲しいお話も、かってに幸せにしちゃだめなの？」

澄んだ瞳で問いを投げかけられ、ボンドは数秒考えてから答えた。

「確かに、原作の意図する事を読み解くのは大切な事だ。物語の内容を下手に変えたりしちゃうと、作品のファンはがっかりしちゃったりするからね。メイのお姉さんは、そこを重視するタイプなんだろう」

冷静な回答にメイも残念そうに俯くが、ボンドはそこにこう付け加えた。

「でも、批判を怖《おそ》れていたら新しいものは生まれない。本当に表現したいものがあるのなら、作品に新しい解釈を加えるのもアリなんじゃないかな。『自分だったらこうする』っていう描き方を示すのも、一つのリスペクトの形だと思う」

「……そっか！」

自分の意見を肯定され、メイの表情が明るくなる。それにボンドも微笑みかけた。

メイが発した疑問は、恐らく今後もずっと表現者たちが悩み続ける命題だろう。だが少なくともどれが正しくてどれが間違っているかという決めつけを、ボンドはしたくなかった。

メイとの話に区切りが付くと、丁度劇の準備も終わったらしい。

「それでは、開演です」

マーヤが畏《かしこ》まった声音と共に壇上で一礼すると、劇が始まった。

「フレッド。お前から見てあの演技はどうだ？」

マーヤたちの劇を見ながら、端の席に座るジャックがフレッドに小声で尋ねる。彼らの視界には舞台に集中するボンドの姿もあった。

「僕は本業じゃ無いから私見になるけど、あの人たちの演技は凄くレベルが高いと思う」

フレッドに続いて、ジャックも真剣な眼差しで感想を述べる。

「そうだな。予算不足なのか、セットや小道具などはやや手作り感が目立つのは否めないが、演技に関しては一人一人技術が高い。演じる者全員が台本の意図を深く理解している事が分かる」

彼らは決して演劇の専門家では無いが、芸の真贋《しんがん》を見極める目は持ち合わせている。互いに意見を述べると、ジャックは目尻の皺《しわ》を深くしながら静かに唸《うな》った。

「それに何より、彼女だ」

「ああ、俺にも分かる」

老執事の言葉にモランが同意した。フレッドも含めた全員が、舞台上の一人の人物に注目している。

ジャックたちが指摘したように、高い演技の質を見せる演者たちの中でとりわけ際立った演技をしているのが、座長であるマーヤだった。

彼女が主役の話は『マッチ売りの少女』のみでそれ以外では端役だが、台詞を発する際の声、身振り手振り、ちょっとした視線の動かし方など、自分の動き全てを完璧にコントロールしている。団員たちの前に立った時からその片鱗《へんりん》は窺えたが、先程入り口で会話していた時とは全くの別人だ。

自分が書いた台本とはいえ、ここまでの洗練された演技は並大抵の役者に出来る事ではないだろう。加えてその台本も、観客が感情移入しやすいよう台詞と台詞の間まで細かに計算されている。

マーヤの秀でた才能に舌を巻きつつ、以降は三人は黙って劇を鑑賞する。やがて通しの稽古が終わった。

「――これにて、閉幕。ご来場の皆様、誠にありがとうございました」

挨拶の後、団員たちが舞台上に揃い、静かにボンドの感想を待つ。決して演技中に派手な動きは無かったが、演者はほぼ全員が額に汗をかいていた。呼吸一つに至るまで集中して行っていた証拠だ。

「………」

ボンドは少しの間、舞台に視線を固定したまま一言も発さなかった。長い沈黙を不安に感じた劇団員たちが僅かに視線を下に落とす。

やがてボンドは一つ咳払《せきばら》いすると、若干姿勢を整えた。その動作に応じて団員たちも背筋を伸ばす。

「――感想を短く纏《まと》めるなら、君たちの演技は非常に高い域に達していると思う。きっとかなりの練習量をこなしてきたんだろうね」

高評価に劇団員たちの顔が輝いた。しかしそれで満足させてはいけない。ボンドはゆっくりと立ち上がった。

「それだけに、些細《ささい》な癖が定着してしまっているのが目に付くね。例えば、『人魚姫』で魔女を演じた君は、動きが大袈裟《おおげさ》になり過ぎている節があった。おどろおどろしい表現をしたいんだろうけど、あそこまでやられてしまうと人によっては白けてしまうかもね」

「は、はい……」

指摘を受けた女性はショックだったのか、僅かに俯く。だがそれには構わずボンドは別の女性を指差す。

「それと『紅い靴』で主役だった君。靴を履いてからのステップだけど、ちゃんとダンスについて勉強した？　確かにプロの舞台でも時々『それっぽく見せればいい』って考えの人はいるけど、より本物に近付けたいならきちんと学ぶ必要がある。本業の人も驚くくらいの腕前を披露しなきゃ、お客さんは納得しないよ」

「はい！」

今度の女性は元気よく返事をした。

「あと、君の声の出し方だけど――」

それからボンドは演者の一人一人に対し、改良すべき点を懇切丁寧に指摘していく。たった一度見ただけでそこまで修正箇所を見出《みいだ》したボンドの鑑賞眼に、モランたちは元プロの凄みを感じた。

やがてボンドは全員分の評価を言い終える。しかし彼は一度劇場全体を見渡すと、少し心苦しそうにしつつもこう口にした。

「それと……これは君たちが悪い訳ではないんだけど、今の演技は、この小さな劇場だからこそ通じるものだ。大きい舞台となると、客席が大人数を収容できる形になってより広く、深くなる。つまり、今の演技だと単純に奥の客席まで声が届かない恐れがある」

彼の予想に、マーヤが顔を青ざめさせた。

「すると、その劇場の広さに合わせた演技にする為に……」

「うん。最悪、演出を全面的に見直す必要があるかもしれない。ちなみに、公演はいつ？」

「に、二週間後、です」

彼女が残り期限を明かすと、しんと静寂が場を包んだ。彼女たちにのし掛かる絶望の重みが、モランたちにもひしひしと伝わってくる。ここまで積み重ねてきた努力が、全て無に帰すかもしれないのだ。

残酷な事実を告げたボンド自身も、苦々しい顔で視線を落とす。

「まあ、客席の広さなどは考慮せずに、舞台の上だけに集中する演出も少なくないから、変更は絶対じゃないけど――」

「――いいえ、やります」

ボンドの妥協案を、座長マーヤが鋭く遮る。

「私、この通りいつも臆病で及び腰ですけど……劇だけは妥協したくないんです。特に今回は滅多に無い機会なんです。団員たちの為にも、そして応援してくれる方々の為にも、しっかりと作り上げたものを見せたいんです」

「………」

マーヤの言葉に、団員たちも黙って頷いた。

公演二週間前という瀬戸際にも拘《かか》わらず、彼女たちは心を折られる事なくゼロから再出発する道を選んだ。その強靱《きょうじん》な意志に、ボンド、そしてモランたちも驚いていた。

「あ、あの……そこで、ボンドさんに、また相談があるんですけど……」

突然マーヤの声が萎《しぼ》んだ。今し方の強気な態度からの豹変《ひょうへん》に不思議そうにするボンドに、彼女は恐る恐る伝える。

「え、えっと、それで、もしボンドさんが宜しければ、後二週間だけ、私たちの練習に付き合って頂けませんか？　あ、いや、別に、本当に時間がある日だけで結構ですので……」

「……ふふっ」

あれだけ問題点を述べられて腰が引けるどころか尚《なお》も助力を求めてくる彼女たちのタフな精神力に、ボンドは頼もしさすら覚えて笑いを零《こぼ》してしまう。

彼は確認の意味を込めて、離れた位置にいるモランたちを見る。モランはジャックとフレッドの二人と顔を見合わせてから、ボンドに向けてグッと親指を立てた。

仲間の了解を得て、ボンドの内にかつての情熱の火が一層激しく燃え上がる。彼は舞台上の団員たちに強気な笑みを向けた。

「――OK。だけどそうなれば、マーヤさんたちには厳しくするから覚悟してね」

それから彼は席に座るフレッドに声をかける。

「フレッド君。君の意見も参考にしたいんだけど、いいかな?」

「分かりました」

ボンドの要求にフレッドが立ち上がる。

「ボンド。ワシもナイフ術なら教えられるが」

「俺も銃の構え方ならいつでも参考にしてくれ」

「それは頼もしいね」

冗談めかして言うジャックとモランに微笑みかけてから、ボンドは舞台に向き直った。

「みんな。これから二週間、一緒に頑張っていこう」


「演技の最中は、観客、他の演者、そして自分自身の三つを常に意識して。もし『見られている』感じが強くなったら、一度自分自身の内側に意識を向ける。これでまた演技に集中できるから」

「役に成りきるという考えはお勧めしないよ。演技というのはあくまで演じる技術だから、どう動くかを重視して」

「感情を生み出す為に過去の記憶を掘り起こすのは有効な手段だけど、近い記憶は具体的で生々しいから止《や》めた方がいい。思い出すなら遠い過去を。あと頻繁にマイナスな感情に浸ってると精神的に辛《つら》くなるから気を付けて」

稽古場であるホワイトチャペルの小さな劇場に、ボンドの指示がひっきりなしに飛ぶ。彼は劇団員と同じ舞台に立ちながら、彼女たちの動きを丹念に見直し、時には自ら演じて手本となりながら、劇の質を高めるべく全力を尽くす。

期限は二週間と短かったが、元々地力があるマーヤたちの演技は着実に完成度を高めていく。

公演まで残り一週間を切った日。演技指導が一段落したボンドは、一息吐いて客席で休憩を取っていた。

「お疲れさん、一口飲むか?」

客席で指導の様子を眺めていたモランが、ボンドに水入りの瓶を差し出す。酒瓶というのがまたモランらしくて、ボンドは微笑と共にそれを受け取った。

「ありがと、モラン君」

ボンドは瓶から一口分だけ水を飲む。

「それで、劇の調子はどうなんだ?」

「最初は時間的に厳しいと思ってたけど、マーヤさんたちが予想以上に優秀だから、もしかしたら間に合うかもしれない。……いや、絶対間に合わせてみせる」

　ボンドの固い決意に、モランも頷いた。

「そうだな。あいつら、貧民街の住人からも慕われてるみたいだしな。是非とも成功して欲しいもんだ」

　遠い目をするモランに対して、ボンドは「そう言えば」と小首を傾《かし》げる。

「今更だけど、別にモラン君まで僕に付き合ってくれなくても大丈夫だよ？」

　本格的に劇団に力添えする意向を見せた日以来、他の仲間が幾度か激励に来る事はあったが、中でもモランは毎日欠かさず劇場まで足を運んでいた。

　モランは照れ臭そうに頬を指で掻《か》いた。

「……まあ、任務が無い時は暇だしな。組織の先輩として後輩の仕事ぶりを見物しに来てんだよ」

「屋敷の仕事をサボってでも？」

「バ、バカ、お前、前も言ったけど、自分の分はしっかりやってきてんだからな」

　冗談半分で言ったボンドに、モランがやたら声を荒らげて反論した。サボり目的というのも強《あなが》ち間違ってはいないらしい。

ボンドは少しモランをからかってから舞台に視線を戻すと、独りごちるように言った。

「……ありがと、モラン君」

「ん？　それさっきも言わなかったか？」

「それとはまた別の意味だよ」

ボンドが悪戯《いたずら》っぽい口調で告げる。モランは不可解そうに眉根を寄せるが、面倒見の良い先輩の存在にボンドの胸は温かくなった。

そのまま二人が雑談に興じていると、劇場入り口の扉が開く音がした。

ボンドたちが振り向くと、恰幅《かっぷく》の良い中年の男が入ってくるのが目に入る。男は鼻の下に立派な髭《ひげ》を生やしていた。

入ってきた男に、マーヤが慌てて頭を下げた。

「ど、どうも、お世話になっております！　わざわざ来て頂いて」

彼女の畏まった態度から、その男こそがマーヤたちに劇場の前座を依頼した貴族だとボンドたちには分かった。

「やあ、元気にやっとるかね」

男が髭を指で撫《な》でながら満面の笑みで聞くと、マーヤはへこへこしながら答える。

「はい。お、お陰様で、どうにか公演日には間に合いそうです。きっとお客様も満足される出来になると――」

「ああ、それについてなんだがね」

男はマーヤの言葉を遮ると、笑顔のまま平然と言い放った。

「――君たちの公演は無しになった」

「え？」

この言葉に、マーヤたちと、遠くの客席で聞いていたボンドは耳を疑った。

マーヤが困惑の色濃い表情でおずおずと問い質《ただ》す。

「あ、あの、それはどういう意味で……？」

「どういう意味も何も、あの話は無し、それだけだよ」

男がまたもやあっさりと宣告すると、あろう事か笑い混じりに続ける。

「正直、私も君たちの出演に関して悩んでたから丁度良かったんだ。だから、君たちは私の劇場には来なくて結構。いいかな？」

劇団員たちが皆、呆然《ぼうぜん》とする中、ボンドが男に詰め寄った。

「ちょっと待って。彼女たちを出すのに悩んでたってどういう事？　だったらどうして依頼なんかしたのさ？　それにこの段階で中止なんて急過ぎない？」

するとと男が不快そうに溜息を吐いた。

「一体何だね、君は。劇団の関係者かな？　そんな一気に質問をされても困るよ」

「じゃあ一言に纏めるよ。そんな簡単にキャンセルするなら、あなたはどうしてマーヤさんたちに依頼したのさ？」

ボンドの問いに、貴族の男は肩を竦《すく》めて告げた。

「そんなの簡単じゃないか。気分だよ、気分」

「……は？」

衝撃的な一言に、ボンドが凍り付く。

「最初は貧民街で評判の劇団があると聞いてね。『貴族の義務《ノブレス・オブリージュ》』もあるし、話題作りにもなると思って声をかけてみたのさ。だが、やはり貧民風情に神聖な公認の劇場の舞台を踏まれるというのは如何《いかが》なものかと感じ始めてね。昨日、やっぱり止めようと決めたんだ」

「そんな……」

気分でマーヤたちに上演を依頼し、そしてまた気分でキャンセルを決めた。それもつい『昨日』に。マーヤたちは、この公演の為に全力を尽くしてきたというのに。

余りにも身勝手な理由に愕然《がくぜん》とするボンドに、貴族の男は言った。

「説明は以上だ。君たち貧民は私たち貴族のお情けで生きてるようなものなんだから、わざわざ声をかけただけでも有り難いと思いたまえ。それでは用件は伝えたから、帰らせて貰うとするよ。ここの臭いはどうも鼻に悪い」

　そして去り際、男は一言だけ吐き捨てるように言った。

「ま、良い夢見られただろ？」

「……！」

　ボンドの中に憤怒が湧き上がるが、どうにか歯を食い縛るだけに止《とど》める。ここで下手な真似をすれば、自分ではなくマーヤたちに要らぬ報復が及ぶ恐れがある。なのでボンドはただ去り行く男の背中を睨《にら》み付けていた。

　貴族の男が消えた後、劇場は喪に服したような静寂に包まれる。誰もが生気の失《う》せた顔で、言葉一つ発さない。ボンドは悔しさの余り身体《からだ》を震わせていた。

　重苦しい空気の場において、ただ一人、モランだけが客席から冷静に全体の様子を眺めていた。

　やがて、座長のマーヤがか細い声で呟いた。

「あの、すいません。私、ちょっと、気分が優れないので……」

　そうして彼女は虚《うつ》ろな表情のまま、ふらついた足取りで楽屋へと向かっていく。

　続いて劇団員たちも糸が切れたようにその場に座り込む。座長の自慢をしたあの大柄な男が荒々しく床を拳で叩いた。

「クソッタレ……またかよ」

「……『また』って？」

ボンドが怪訝《けげん》な反応をすると、男が細々と話し出す。

「実は前々からこういう事はあったんだ。あいつが言ってたように、俺たちは貧民街で人気だから、評判を聞き付けた貴族たちが気紛《きまぐ》れに上演を依頼してきてな。でも『やはり貧民なんかに』って理由で、いつも土壇場でキャンセルされんのさ」

「それは、酷《ひど》いね……」

「俺はこの劇団に入って日が浅いけど、思わせぶりな口約束だけで二、三度あった。だから創設時からいたマーヤなんか、それ以上の回数約束を反故《ほご》にされてんじゃねえか。それでも僅かな望みにかけて、毎回皆を鼓舞してくれてよ。多分、あいつ自身、相当無理してたんだろうな」

ボンドは劇場に初めて入った時の彼女の様子を思い起こす。数少ないチャンスと小さく拳を握っていたあの健気《けなげ》な姿が脳裏に浮かび、胸に鋭い痛みが走った。

やるせ無い思いに駆られるボンドに、男が声をかける。

「悪いが、マーヤのとこに行ってやってくんねえか。あいつも今は一人になりたいだろうが、あんたには特に信頼を寄せてたからな」

男の頼みに頷いて、ボンドは彼女のいる楽屋へ向かう。

狭い楽屋の中には、椅子に座って悄然《しょうぜん》と項垂《うなだ》れるマーヤの姿があった。

「マーヤさん。平気？」

自分で言ってそんな訳が無いと思ったが、マーヤは小さく微笑んだ。今にも崩れそうな笑顔だった。

「私は、平気です。でも、ボンドさんには、無駄な時間を費やさせてしまって、申し訳ありません」

「僕は構わないよ。辛いのはマーヤさんたちでしょう？」

ボンドが気遣わしげに言うと、マーヤは首を横に振った。

「いいんです。私、何となく、そんな気がしてたから」

彼女の微笑みが寂しげな自嘲に変わった。

「何度もこういう目に遭って、流石に学びました。今回も、力一杯頑張ろうって思ってたけど、心の奥底ではどこか冷めてるんです。期待しても無駄だって。貴族の方は私たちにチャンスなんかくれないって。それを自覚してる癖に、ボンドさんを巻き込んで……本当に自分で自分が嫌になります」

本心を打ち明けているからか、彼女の口調は舞台に立った時のように、淀《よど》みなく、胸に突き刺さる。そしてその虚ろな心境の暴露に、ボンドは何故《なぜ》マーヤが上演する物語にあの三つを選んだのかに合点がいく。

『紅い靴』も『人魚姫』も『マッチ売りの少女』も、三つの物語の主人公は、現実世界で救いの無い終わりを迎えるという点が共通している。

マーヤ本人の児童文学への愛と、誰にでも分かりやすくという親切心もあるだろう。しかしその一方で、彼女は無意識の内に悲劇そのものに共感しているのではないだろうか。

「貴族の方が、最後に言ってましたよね。『良い夢見られただろ』って。……その通りだと、思います。私たちのような貧民は、夢で満足すべきなんです。舞台の上で王様を演じても。そこから降りれば無力な平民に成り下がる役者のように、現実で成功するなんて思いは、一生、夢物語で終わらせるべきなんです」

「そんな、事は」

「ありますよ。だって現実が、こうなんだから。私たちは童話を、悲劇を、教訓にすべきなんです。『貧民は貧民らしく分相応に生きろ』。『与えられた役割だけをこなしていればいい』。昔からずっと変わらない決まりなんですよ」

「…………」

与えられた役割だけをこなせばいい。

以前、それと似た言葉を自分が口にした事を、ジェームズ・ボンドは覚えている。

それに対して仲間であるモランは、「自分で考えて動け」と教えた。そして即座に実践した事で、ボンドはモランに正式に仲間として認められた。

だが、その教えは今の状況には当て嵌《は》まらない。自分で考えて動こうにも、それを発揮する場すら与えられていないのだから。

不条理な現実に夢を踏みにじられたマーヤの姿に心を痛めながらも、ボンドは為《な》す術《すべ》無く佇んでいた。

「――ボンド」

ふと、己の不甲斐《ふがい》なさに歯噛みしていたボンドの背に声がかけられる。

振り向くと、楽屋の入り口にモランが立っていた。

「ちょっと、外の空気吸わねえか」

「八方塞がりだよな。キャンセルの理由こそ滅茶苦茶《めちゃくちゃ》だったが、劇場の経営者があぁ言ってる以上、あの劇団にはどうしようもねぇ」

劇場の外に出ると、モランが今の苦境を簡単に纏めた。ホワイトチャペルの空は偏西風に乗って流れてきた煙に覆われ、街に差し込むはずの陽光を遮っている。

「お前はこれからどうする？」

モランが煙草に火を点《つ》けながら聞くと、ボンドは重々しく心境を明かす。

「分からない。僕としては、あれだけ才能があって努力もしている彼女たちの力を世間に認めさせてあげたいし、その方法も無くはないけど……」

ボンドの考えている『方法』は、モランも思い付いている。

「アルバートたちの力を借りれば、正規の劇場の一つくらい用意できるかもしれねえな」

「でも、それじゃあ意味が無い」

非合法の力、或《ある》いは権力を振りかざすようなやり口は、この場合はただの横暴でしかない。それではあの貴族の振る舞いと何ら変わらない。

「マーヤさんたちの実力は、あくまで彼女たち自身の力で証明しなければならない。僕たちは一個人として協力は出来るけど、それ以上の力を闇雲に行使するのは彼女たちの為にならない」

「だな。それは俺も同感だ」

マーヤたちが本来持つ力で勝負すべきという意見に、モランも納得する。そして彼は口から細く紫煙を吐きながら唸った。

「そうすると、実力を示す為に演技力以外であの劇団が持つ力って何だろうな」

モランが提示した問題に、ボンドも顎に手を添えて考える。

「力……例えばイーストエンドの人たちからの信頼とか――」

そこまで口にしたところで、ボンドの脳裏に閃《ひらめ》きが走る。彼は驚き半分にモランへ顔を向け、対するモランは後輩の反応に口の端を持ち上げる。

「名案でも浮かんだか？」

ボンドは地面に視線を落としながら、今一度自分のアイデアを反芻《はんすう》する。

「どちらかと言えば奇策かもしれない。けど、一つだけ思い浮かんだよ。……もしかして、モラン君は僕がこの考えに行き着く事を分かってたの？」

今の問答は自分が答えを導き出す為の伏線だったのかと読んだボンドに、モランは苦笑した。

「んな訳あるかよ。俺はただ、お前ならきっと誰にも思い付かないような発想を生み出せると考えただけだ」

「……………」

計算ではなく、信頼。モランはボンドならば今の状況を打破できると確信していたのだ。

先輩の思いを知り、ボンドもまた呆れるように苦笑する。そうだ。今まで何を悩んでいたのだ。自分は型に嵌《はま》るのが大嫌いな性分。ならば固定観念から抜け出して、より大きな枠組みで解決策を模索すべきだったのだ。

ボンドは天を見上げる。まだ太陽は灰色の向こう側にあったが、それでも一筋の光明が差したように感じた。

「ありがとう、モラン君」

ボンドはウインクと共に、モランへ心からの感謝を伝える。

「思い付いたのはお前だ。礼なんざいらねえよ。けどその様子じゃあ、面白い事をやらかしてくれそうだな」

「まあね。でもモラン君たちにも、個人的に力を貸して貰うかもしれない」

「了解だ。乗り掛かった船だ。自由にこき使ってくれ」

会話を終えるとボンドは再度劇場の中へと入る。もう迷いも躊躇《ちゅうちょ》も無い。彼の心にかかっていた霧は完全に消えていた。

そのまま彼は力強い歩みで舞台へ向かう。舞台上ではマーヤを含めた劇団員たちが帰り支度をしていた。

「ボンドさん、どうかされましたか?」

数分前とは打って変わって強気な顔付きのボンドに、マーヤがこの時ばかりは陰鬱さよりも疑問が勝った様子で尋ねる。

そんな彼女たちに、ボンドは明瞭な声で告げた。

「マーヤさんたちが了承すればだけど——僕に考えがある」


それから一週間後。本来ならばマーヤたちが正規の劇場で公演するはずだった日の夜。

ソーホーからコヴェント・ガーデンにかけての一帯、ウエストエンドと呼ばれる地区は一大劇場街として名高く、ドゥルリー・レーン劇場やヘイマーケット劇場、セント・ジェイムズ劇場など歴史あるものから新規のものまで多くの劇場がひしめき合っている。

その劇場街のほぼ中心部に位置するピカデリー・サーカス。この当時はまだエロス像で知られる噴水は建てられていないが、大通りが何本も交差するこの広場は、昼夜を問わず馬車や通行人が行き交い、ロンドン随一の賑《にぎ》わいを見せる。

そんなピカデリー・サーカスを、ある貴族の老夫婦が馬車で通り過ぎようとしていた。だが次の瞬間彼らは、広場中央に広がる奇妙な光景を目にして、御者に命じて馬車を止めさせる。

「……あれは、何かしら？」

年老いた夫人がぼそりと零した。

広場中央には、木箱を組み合わせた上に板を敷いて出来た幅一〇メートルほどの簡素な舞台があった。通行人たちは興味を惹《ひ》かれて足を止め、小さな人だかりが出来ている。

暫くすると、舞台の中央に一人の女性が現れる。

空色のワンピースに長い金髪のカツラを被《かぶ》った女性は、ポカンと自分を見つめる観衆に向けて恭しく一礼した。

「——今宵《こよい》、この広場にお集まりの皆様方。我々はイーストエンド出身の小さな劇団。そして私はその座長をしているマーヤと申します」

マーヤは顔を上げると、ピカデリー・サーカス全体に向けて凜とした声を響かせる。

「突如として現れ、我が物顔でこの場を占領した舞台に戸惑いもありましょうが、まずはしがない貧民劇団である我々が、こうして皆様と出会えた奇跡に深く感謝をお伝えしたく存じます」

彼女の演説にざわめく見物人たち。その様子に気が付いた人々が更に集まって、群衆の輪は徐々に大きくなっていく。

「では前置きも程々に。我々からささやかな夢と幻想の世界をお届けしましょう」

マーヤが優雅な一礼と共に挨拶を締め括《くく》ると、舞台に男が一人上がって、観衆に向けて朗々と語り出す。

「黄金の光輝く昼下がり。我らゆっくり川下り。オールを握るは小さな腕《かいな》、力を出せとは無いものねだり。幼いおててがひらりと上がり、ガイドのつもりで右ひだり」

「……ん？」

男が手振りを交えて語る内容に、人々は耳を澄ました。

「ああ、ひどい、三人娘、情がない！　ぽかぽか眠くて、しかたない。なのに、お話せがむとは！　羽毛を動かす、息もない。だけどこちらはひとりきり。三人相手じゃかなわない」

そこまで聞くと、観客の一人が呟いた。

「これって、もしかして……」

やがて一人語りを終えた男は舞台から退場する。そしてまた別の女性が舞台の片隅に現れ、本を片手に滑らかな声で朗読を始める。

「アリスは、なんだかとってもつまらなくなってきました――」

朗読者の言葉に合わせて、金髪のカツラを被ったマーヤが小さく欠伸《あくび》の真似をする。人が変わったような幼い仕草に、客たちは思わず息を呑《の》む。

するとその横から、チョッキを着て懐中時計を手にした、ウサギの被り物をした人物が登場する。

既に、輪を形作る人々は、その舞台に魅せられていた。

「――この世はすべて舞台。男も女もみな役者に過ぎぬ」

ウエストエンドにある豪華絢爛《けんらん》な劇場の舞台で俳優がその台詞を発するのを、劇場の主である貴族の男は特等席から眺めていた。

知名度の高さを自覚しているからか普段は少し身勝手な言動が目立つが、流石はプロの演技。その明朗な声音は精緻な装飾を施した劇場内に隈無《くまな》く響き渡り、聞く者の耳朶《じだ》を打ち、胸中に得も言われぬ感動を届ける。

ギャラは高額だったが上演を依頼して正解だった、と悦に入る男だったが、その顔には苦々しげな表情が貼り付いていた。

原因は明白だ。これだけの名演技を見せる劇団。その記念すべき公演初日だというのに、客の入りが異様に少ない。

宣伝も十分にしたのに、この有様は何だ。空席が目についても少しも気持ちを乱さぬ役者たちを賞賛しつつ、男は席を立って入場口へ向かった。

「おい、君。客は来ていないのかね?」

男が窓口にいた青年に声をかける。

「それなんですが、ついさっき、ピカデリー・サーカスで見世物があったらしくて」

「見世物？」

「ええ。私も人づてに聞いたんですけどね。広場にいきなり舞台が出来て、演劇が行われたらしいです。内容は確か……あれですよ。女の子がウサギを追って穴に落ちる、あの……」

貴族の男はそのキーワードだけで答えに行き着いた。

「――『不思議の国のアリス』か？」

青年はポンと手を叩く。

「ああ、それです。それそれ。いやー、懐かしいですね。小さい頃読みましたよ。それで確か……『マーヤ』だったかな？　その劇の座長はそう名乗ったらしいです」

「な……！」

過去を懐かしむ青年とは対照的に、座長の名を聞いた貴族の男は愕然とした。

「あの、貧民劇団か」

突然現れた舞台で行われた演劇。青年は大道芸の部類と捉えているが、貴族の男は違った。当事者の存在がはっきりと頭に浮かんだ途端、男は顔を怒りで真っ赤に染める。

大事な公演初日を狙い澄ましたかのような珍事。つまり彼女たちは公演をキャンセルされた腹いせにこちらの妨害を企《たくら》み、その為に劇場でも無い場所で唐突に演技を始めた。そう男は断定する。

加えてその内容は『不思議の国のアリス』。古典を上演する自分たちへの対抗措置が児童文学。シェイクスピアに、ルイス・キャロルをぶつけようというのだ。

一笑に付すべきような突拍子も無い考えだが、大事な客が奪われているのも事実。男は青年に問いかけた。

「そんな事をすれば、広場は大騒ぎになるだろう。すぐ警察に止められるはずだ」

「それなんですが……もう既にいなくなってるそうです」

その情報に、男は天を仰いで大笑いする。

「それ見たことか。妙な真似をするからだ。精々牢屋《ろうや》で台詞でも暗唱しているといい」

しかし窓口の青年は困ったような顔をする。

「あの……すいません。説明不足でした。その劇団は一場面終えたところで別の場所を指定すると、さっさとセットを撤収して広場から消え去ったらしいんですよ」

「……何？」

「恥ずかしくないの、アリス？　もう大きなお姉さんなんだから、いつまでもぐずぐず泣いたりしていてはだめ！」

セント・マーティン教会をバックに、マーヤたちはトラファルガー・スクエアでアリスが広間で大きくなったり小さくなったりして慌てふためく場面を演じていた。

舞台の前面を白い布で覆い隠し、演者の背後から光を当てて、影絵の要領で身体のサイズの変化を表現する。頭が天井に付くくらい大きくなる場面では、観客からどよめきが起きた。

客たちの反応を舞台袖で見ていたボンドは、作戦が順調に進んでいる事を確信する。

ボンドがマーヤたちの実力を証明する為に考案した策とは、ロンドン市内を動き回りながら演劇を行う――『ゲリラ演劇』だ。

人通りの多い場所で演技を行い人々の興味を引いてから、公的機関に止められる前にさっさと演技を切り上げて撤収。そしてまた別の場所で続きを行う。言わば公に認定された演劇とは正反対の路線をいく方法だ。

演目を変更したのにも理由がある。短編連作だと一話一話短い形で完結するので、一話分を終えた所で客の興味が途切れる怖れがある。だが長編を一場面ずつ区切って演じれば観客の興味を次へと持続できる。

その上『不思議の国のアリス』は場面場面の繋がりがあるようで無い、ナンセンスな無秩序の世界。知名度の高さもあって、途中から観《み》ても物語に入り込めるのでこうした見せ方には適した作品とボンドは考えた。

問題は演技の方だが、これも大きな舞台で演じる練習が功を奏した。

今回の作戦で演じる劇は客が最初から舞台に集中する質のものではなく、屋外で通りを行く人々へ向けて披露するもの。ならば屋外でも通る声で、より目立つような身振りで演技をする必要があるが、これは公演の二週間前から取り組んでいた練習の延長線上にある。

加えて分かりやすさを重視するマーヤたちには児童文学を何度も演じた経験があり、『不思議の国のアリス』も劇団の全員が内容を殆《ほと》ど暗記しているくらいやり込んでいる。台詞を覚えるのに苦労は無かった。

そして作戦の肝である、移動先での準備を担ってくれたのは――マーヤたちの演技を評価していたイーストエンドの住人たちだ。

この作戦にはどうしても人手を要するが、それをボンドが用意しては意味が無い。だがマーヤたちを信頼する貧民街の住人はマーヤたちが自力で獲得した人手。彼女たち自身の功績である。

彼らはマーヤたちの劇団が演技をしている間に、市内各地で舞台の準備をしてくれている。彼らはボンドやマーヤたちが協力を申し出た時、快く引き受けてくれた。ボンドは彼らの情の厚さには感謝してもしきれない。

ボンドは立ち止まって舞台を眺める群衆を見て、笑う。

——劇場でなくとも、演技を見せる場所はある。

ロンドン市内を舞台に変えるという奇想天外な発想。それに力を添えてくれたイーストエンドの住人たち。そして優れた演技を披露するマーヤたち劇団。

言うなればこの劇は、ウエストエンドの絢爛たる劇場に対し、イーストエンドの人々が総力を以《もっ》て突きつけた挑戦状だった。

上演開始から一〇分。マーヤたちが次の場所を指定し、舞台から早足で降りてくる。

「じゃあ、後片付けは任せたよ」

ボンドはその場に残る協力者に声をかけると、用意しておいた複数の馬車に演者を乗せ、馬を走らせた。すると手綱を握る彼にマーヤが不安げに尋ねた。

「あの、お陰様でお客様方は楽しまれているようですが……果たして、このまま続けられるのでしょうか」

その発言に、車内で台詞を確認していた演者も表情を暗くする。

今は上手く事が運んではいるものの、劇の進行に伴い騒ぎが大きくなれば、警察も本格的に演劇の阻止に向けて動き出すだろう。それに人が集まる場所では、それに乗じて悪巧みを目論《もくろ》む者も現れる。観客が犯罪の被害に遭うのは避けたい。

そんな彼女たちの懸念をボンドは十分理解している。その上で彼は泰然自若と言った。

「大丈夫。僕には心強い仲間がいるからね」

そして彼は馬車の進行方向を見据えて、笑った。

「それによく言うでしょ？『Show must go on《ショウは続けられなければならない》』って」

ショウの幕は上がっている。ならば後は、最後まで演じきるのみだ。


同時刻。ホワイトチャペルの薄暗い路地裏で、柄の悪い男たちが固まって密やかに語り合っていた。

「聞いたか。どうやらウエストエンドの方で騒ぎになってるらしいぜ」

「知ってるよ。どうやらあちこちで劇を披露してるようだ」

「へえ、俺は劇なんざ興味はねえが、人だかりが出来るならスリがしやすくなるな」

「だな。或いは良いとこのガキでも攫《さら》うか」

その提案に、全員が下品な笑い声を上げた。

「だったら今すぐ向かおうや。綺麗《きれい》に着飾ってる連中から色々掠《かす》め取ってやろうぜ」

「――やはり、祭りになると貴様らのような無粋な輩《やから》が湧く」

突如として路地の入り口から厳格な声が発せられた。男たちが咄嗟《とっさ》に振り向くと、そこには一人の上背のある老人が立っていた。

「……誰だ、お前は」

男の一人がドスの利いた声を発するが、老人に怯《ひる》む様子は無い。

「何者と聞かれてもな、とうの昔に名は捨てている」

「舐《な》めやがって。少しばかり痛い目に遭って貰おうか」

堂々と振る舞う闖入者《ちんにゅうしゃ》に痺《しび》れを切らし、男たちがナイフを取り出した。

それを見て、老人はニヤリと笑う。

「ほう。そちらが持っているのなら、都合がいい」

「はあ？　一体何をほざいて——」

怒気を込めた男の言葉がいきなり途切れる。臨戦態勢を取った彼らは、老人が放つ徒《ただ》ならぬ殺気に中《あ》てられていた。

「安心せい。殺しはせんよ。だがおいたを働こうというのなら、少し仕置きが必要だな」

その老人——ジャック・レンフィールドは、鋭利な刃《やいば》にも似た殺気を携え、男たちとの距離を詰める。

それから僅か一分後。服の乱れを整えながらジャックが路地を歩いていると、数名の警官が急ぎ足でやってきた。

警官はジャックに気が付くと質問してくる。

「すみません。この辺りでナイフを持った男が暴れていると聞いたのですが、何かご存じですか？」

ジャックは上を見上げて考え込む振りをする。

「関係あるかは分かりませんが、この先の路地裏で若者が屯《たむろ》してましたよ」

「そうですか。ご協力感謝します」

警官たちは礼を言うと、ジャックが示した方向へ走っていく。

「計画は順調だな」

警官たちが予想通りに動いた事に、ジャックは妖しく笑みを作る。

市内で騒動となっている演劇に対し、既に警察は舞台の中止に向けて動き出している。

だがそんな中で『ホワイトチャペルにナイフを持った男』が現れる。勿論これはジャックが前もって警察に匿名で伝えていた情報だ。

未《いま》だ貧民街での『切り裂き魔』の凶行は英国民の記憶に新しい。治安維持と市民の安全を最優先とする警察としては無視する訳にいかない事案であり、そちらへの対処にも人員が割かれる。そして現場に駆け付けると、そこにいるのは只のナイフを持ったチンピラ。

単純な真相で早期に事件が解決すれば、警察もいたずらに不安を広めはしないはずだ。

おまけに警察内には〝犯罪卿《はんざいきょう》〟の組織の一員であるパターソンもいる。ボンドの要請でそれとなく警官の動きを制御してくれるだろう。

悪事を企む不穏分子の排除と、劇の中止に向かう警官の増員の阻止。

警察に関しては完全に追っ手を排除出来る訳では無いだろうが、ジャックがホワイトチャペルで暗躍するというのはそんな一石二鳥の効果があった。

「さて、他にもまだ小悪党が現れそうだし、適度に成敗しておくか」

ジャックは悠然とした足取りで、次なる獲物を探す。

ボンドたちの想定通り、警察の追っ手は減らせはしても無くなりはしない。馬車に乗って行動する警官たちの一部は、現在劇が行われているという場所へ向かっていた。

恐らく現在位置からの距離を考えれば間に合わないだろうが、全速力で駆けたおかげか、まだ騒ぎの余韻を残す状態の広場に到着する。

「くそ、あと少しで現場を押さえられたのに」

警官が悔しさの余り舌打ちをすると、視界の端に空色のワンピースと金髪の少女の姿を捉える。

問題の劇の演者の特徴と一致する人物を発見し、警官は勢いよく馬を走らせる。すると少女も一目散に逃げ出した。

「待て、そこの女！　止まれ！」

警察の馬車が道行く人々を避《よ》けながら対象を追いかける。そして少女が街路の角を曲がるのを目視し、馬車もそれに続いた。

「……あれ？」

しかしその先には疎《まば》らに人が歩いているだけで、少女の姿は無い。

「一体、どこへ……？」

隠れられるような場所は見当たらず、金髪の少女は煙のように消え去ってしまった。

警官が狐《きつね》につままれたような顔をしていると、そこに逃走した少女とは別の、鞄《かばん》を持った小柄な少女が近寄ってきた。

「あの、警察の方ですか？」

警官が馬車の上で頷く。

「そうです。今、ここを金髪の女の子が走ってきませんでしたか？」

少女は首を横に振った。

「それは存じ上げませんが……私、次に劇が行われる場所を聞きました」

「何だって？　それはどこですか？」

鋭い反応を見せる警官に、少女は言った。

「はい。次は大英博物館の近くですると……」

「貴重な情報提供、有り難うございます。おい、聞いたか。大英博物館へ向かうぞ！」

警官は同乗している仲間に声をかけると、馬車を走らせる。

彼らが去って行く姿を確認すると、少女はカツラを外して本来の容姿に戻った。

――本当は反対の地区なんだけど……無駄に走らせちゃってごめんなさい。

心の中で反省しながら、フレッド・ポーロックはまた鞄の中から金髪のカツラとワンピースを取り出し、瞬時に着替える。そして雑踏で混み合う大通りに出ると、可愛《かわい》らしい声で言った。

「皆さん。これからナイツブリッジにて演劇の続きを行う予定です。興味がございましたら、是非足を運んでみて下さい」

「……へえ、次はあっちでやるんだ」

「行ってみようぜ」

フレッドの言葉に、周囲の人々が興味を示す。

彼は得意の変装術と身軽さを活《い》かして、アリスの装いで宣伝をしつつ警官を引きつける囮《おとり》の役割を果たしていた。

客引きと、ジャックと同じく追っ手の削減。フレッドは劇の成功の為、街を駆ける。

一方、別の警官たちが懸命な捜索の末、劇団の舞台が終了して間も無い現場に出くわした。

「見つけたぞ！　今なら止められる！」

舞台は既に跡形も無くなっていたが、劇団はまだ出発したばかりらしい。そのすぐ後ろを警官の馬車が追走する。

「もう少しだ」

劇団の馬車の真後ろに迫った警官たちは、相手を停止させるべく馬車の速度を上げて追い越そうとする。

だが次の瞬間、警官の操る馬が突然嘶《いなな》いてその足を止めてしまった。

車内にいた警官が驚いて前に出てくる。

「どうした？」

「分からん。前方の路面で何か弾《はじ》けた音がしたと思ったら、馬が急に止まった」

手綱を握る警官は酷く困惑した様子で、自分たちを置き去りにする劇団の馬車を見つめていた。

彼らの呆気に取られた様子を、付近の建物の屋上にいたセバスチャン・モランはポンプ式の空気銃を構えながら眺めていた。

「――後輩が協力する舞台を邪魔させる訳にはいかねぇな」

やがて路上で立ち止まる警官たちの後方から、別の馬車が疾走してくる。

モランは即座に銃のボルト・ハンドルを引いて次弾を装塡、裸眼で狙いを定め引き金を引く。発射されたゴム弾は走る馬の足下に当たり、馬は驚いて前足を上げて急停止した。

劇団の進行方向に先回りし、狙撃で追跡する警察の足止めをする。文字通りの援護射撃だ。

警官たちが混乱する様を見るモランの眼光は鷹《たか》の目の如《ごと》く、銃口は既に次の狙いに向けて固定されていた。

「ま、馬には悪い事しちまうがな。今は『個人的なお節介』をさせて貰うぜ」

そしてモランは引き金を引く。

モランたちが各々のやり方で劇団を援護する間も、ボンドたちは舞台の回数を重ねながら王都を縦横無尽に駆け巡る。

マーヤ演じるアリスは、ウエストミンスター橋でドードー鳥たちと円を描きながら走り、ブルームズベリーでトカゲのビルを煙突から蹴っ飛ばし、サザークで青虫から身体の大きさを変える方法を教わり、ナイツブリッジで公爵夫人たちと出会い、チェシャ猫に道を教えられ、マリルボーン・ロードで六時で時計が止まっているおかしなお茶会に参加し、バッキンガム宮殿前で女王たちとクロッケーをして、ビリングスゲイトでグリフォンと海ガメもどきの話を聞いて——そして、シティの中央刑事裁判所近くで行われた裁判で証言をしていた。

様々な場所で、不思議で魅力的なキャラクターたちと色々な場面を演じた。今やこの街全てが、マーヤたちの作り出した不思議の国《ワンダーランド》だ。

演技は練習通り上手くいっており、手応えは十二分にある。劇が進むにつれ観客の数は増し、歓声と喝采が大きくなっていく光景に胸を躍らせる。

だが一方で、マーヤの中で息が詰まるような不安が膨らんでいく。

終幕は間近に迫っていた。

夢のような夢の物語が、終わりを迎える。

「この者の首を刎《は》ねよ！」

裁判の場面。証言台に立つアリスを指差しながら女王が声高に命じる。

マーヤは——アリスは言った。

「なによ。あなたたちみんな、ただのトランプじゃないの」

彼女の台詞の直後、無数のトランプが派手に宙を舞う。トランプは表面に街灯の光を受けて美しく輝き、雪のように舞台に降り注いだ。

暗転。舞台の前に暗幕が引かれ、観客からは中の様子が見えなくなる。

群衆が次の場面を待って静まり返るが、舞台袖では演者たちが焦燥に駆られていた。

「……え？　まだアリスのお姉さん役の人が到着してない？」

馬車での移動を担当する協力者の報告に、ボンドが驚愕する。

「実は運悪く彼女の乗っていた馬車が混雑に呑まれてしまって……」

「そうか……マズいね」

人混みによって移動に支障が生じる可能性は、想定していなかった訳ではない。しかし運良く最後の場面までスムーズに進行出来てしまった事が、逆に彼らに油断を生む結果となってしまった。

「どうしましょうか。よりによって、こんな大事な場面で」

「――僕が演じるよ」

ボンドの即断に、演者たちは声を殺しながらも驚く。

しかし当の本人は迷いなくカツラを被って女装を始める。勿論、かつてのアイリーン・

アドラーの容姿に似ないように。男装の上に女装を重ねる滑稽さに、ボンドは一瞬苦笑してしまう。

ボンドによる代役は、非常時を予期して考えておいた案の一つである。劇団自身の力を示したかったボンドとしては、相当追い詰められた時だけの秘策ではあったが。

彼の決断に、劇団員たちも当惑を振り切って最後の場面を見守る心構えになる。

「マーヤ、準備はいい？」

「……は、はい」

何やら考え事をしていたマーヤに、ボンドは念を押す。

「本当に平気？　集中は途切れてない？」

「ええ。大丈夫です」

咄嗟にマーヤが役に意識を切り替えるのを確認して、二人は舞台に上がる。

問題発生からたったの二〇秒後。暗幕が開き、物語は夢から現実へと戻ってきた。

ボンドがマーヤ演じるアリスに膝枕をしながら、ゆっくりとアリスの肩を揺さぶる。

「起きて、ねえ、アリス！」

するとアリスが目を擦りながら起き上がった。

ボンドは続ける。

「まあ、ずいぶんよく寝てたこと！」

　突然の交代だったが、元プロであるボンドの演技は堂に入ったものだった。彼の演技に舞台袖の劇団員たちが唸らされていると、目を覚ましたアリスが言う。

「私、とてもへんてこな夢を見たわ」

　そして彼女は姉に向けて夢の中での冒険譚《ぼうけんたん》を興奮混じりに語り聞かせる。

　全てを聞き終えた姉は、優しくアリスの頭を撫でる。

「ほんとにへんてこな夢ね。でも、もうお茶の時間だからいってらっしゃい」

　姉の言葉に頷くと、アリスは立ち上がってその場を走り去ろうとする。ここでアリスが退場し、マーヤの出番は終了――のはずだった。

　アリスは――マーヤは、舞台から消える間際で、急に立ち止まったのだ。

「……マーヤ？」

　目前で起きる異変に、舞台袖の仲間が声を潜めて呟く。

　同じ舞台上にいるボンドは、彼女の行動に内心では動揺しながらも、表面的には姉としての笑顔を保っている。

　そのまま微動だにせず黙り込むマーヤ。静止した舞台を見ながら、物語とは異なる展開に観客たちもざわめき出す。

すると、アリスが姉を振り向いた。

「私、夢を見たの」

「……………？」

唐突なアドリブ。台本に無いアリスの台詞に、ボンドの心臓の鼓動が高鳴る。だがマーヤはアリスの役柄を演じながら語る。

「その夢はね、とってもへんてこな動物や人たちが出てきて、私はずっと振り回されるの。話は通じないし、みんな自分勝手なことばっかり言って。私はその中を旅してきたの。最後まで何が何だか分からなかったけど……それでも、本当に素敵で楽しい夢だった」

そしてアリスは姉の目を真っ直《す》ぐに見つめた。

「もう一度、見られるかな？」

そして彼女はこてっと可愛らしく小首を傾げる。それは観客からすれば幼い少女の仕草そのものだったが、台詞の裏に秘められた本音がボンドには痛いくらいに伝わった。

これから舞台を降りて、幕が下りた後、また自分たちがこうして脚光を浴びるような事があるのだろうか。今回の劇は間違いなく成功と言えるが、こんな意外極まる大技はそう何度も出来るものではない。ましてや、ボンドの協力もこれきりなのだから。

この夢のような時間が終われば、後は貧民として差別と偏見に苦しみながら生きる現実が待っている。

「私が大人になったら、もうこんな夢は見られなくなるのかな？」

アリスは――マーヤは身体を揺らしながら問いかける。その動作もまた、何も知らぬ客には無邪気な子供のそれにしか見えない。

マーヤは、アリスを見事に演じきりながら、姉役のボンドに訴えていた。

私たちは、これから広く世界に認められるような、立派な劇団になれるのか。

マーヤたちの思いの丈を込めた叫びを受け止めたボンドは、彼女と同じくアリスの姉という役柄のまま、真剣味を帯びた顔で口を開く。

「自分で考えて動きなさい」

優しく、それでいて厳しさが込められた語気で、ボンド演じる姉は語る。

「これから夢を見るかどうか、それはあなたが自分で考えて決めるの。自分で、決めていいの。決して、大人は大人らしく、なんて考えに囚《とら》われる事は無いわ」

ボンドはモランから授かった言葉を少し変えてマーヤに伝える。モランの教えとは意味が異なるが、それでいい。救いの無い悲劇を幸せなラストにする解釈があってもいいように、ボンドもまたモランの言葉に新しい意味を付与したのだ。

貧民は貧民らしく――そうやって自分の役者としての生き様を自嘲したマーヤに、ボンドは、貧民として生まれた事が夢を諦める理由になってはならない、と主張した。

しかし姉の言葉を聞いても尚、アリスは納得しかねて口先を尖らせる。

「でも、大人になれば辛い事も待ってるよ」

夢を見ても、現実がそれを許さない。それを幾度も味わってきたマーヤの反論だった。

対する姉は、彼女に近寄るとその頬にそっと手を添えた。

「アリス。私、あなたのお話を聞いてとても感動したわ。だからこうして目を閉じれば……ほら、そこに白ウサギがいるわ。そっちには溺れるネズミさん。あそこにはキイキイうるさい女王様。そしてそこにはチェシャ猫と、公爵夫人」

姉が目を閉じて指差す先を、アリスが目で追っていく。

そして最後に、ボンド演じる姉は観客たちを指差した。自分たちの舞台を熱心に見続ける、大勢の観客たちを。

「……！」

刹那の時、マーヤはアリスを忘れてその群衆に魅入ってしまった。そんな彼女にボンドが声をかける。

「アリス。あなたのお話を聞いたから、こうして私のいる世界に素敵な彩りが添えられたのよ。あなたの夢が、現実の世界を変えたの」

自分の見た夢が現実を変える。

マーヤの胸にボンドの言葉が突き刺さる。

「もし辛い事があったなら、この光景を思い出して。あなたの夢が作った、この光景を」

そして最後にもう一度、ボンドは舞台を眺める観客をアリスに見せる。

立場なんて関係ない。誰にでも夢を抱いて生きる権利がある。

ボンドは姉としての台詞を語りながら、マーヤたちにそんな思いを伝えた。

観客たちも、ボンドとマーヤのアドリブを瞬《まばた》きすら忘れて眺めていた。種々雑多な職種が集まったこの群衆にも、彼女たちのやり取りに感じる部分があったらしい。

即興演技の裏で交わされたメッセージに、再び舞台が、それを取り巻く群衆が、静寂に包まれる。

姉の言葉を受け取ったアリスは、微笑を浮かべる。

「――ありがと。それじゃ、お茶を飲みにいってくるわ」

彼女はそう言うと、軽やかな足取りで舞台から退場する。

ボンドも彼女の後ろ姿に穏やかな笑顔を向けると、ゆっくりと舞台の幕が下ろされる。

直後、嵐のような拍手が沸き起こる。観客からは囃《はや》し立てるような口笛や喝采が飛び、割れんばかりの歓声が石畳の道を揺らした。

するとカーテンコールによって再度幕が上がり、演者一同が並んで一礼をする。そこで拍手が更に勢いを増す。

称賛を浴びせる観客に向けて、座長のマーヤが叫ぶように言う。

「以上で、私たちの劇は終わりです。ここまで付き合ってくれた皆さん。ありがとうございました！」

彼女は感動の余り、最初の芝居がかった口調も忘れて心からの感謝を伝える。

「皆さん、ありがとう！　そしてまた会う日まで、さようなら！」

彼女がそう締め括るとまた演者たちが揃って頭を下げ、舞台は終了する。

幕が下りる間際、遠くの建物の屋上でモランが親指を立てている姿がボンドの目に映る。

自分たちを見守ってくれていた先輩に、ボンドも満足げな笑みを返す。

こうして、王都を騒々しく盛り上げた一夜限りの舞台は幕を閉じた。


後日。ボンドがウエストエンドの街中を上機嫌な足取りで歩いていると、通りの向かい側に見知った顔を発見する。

「マーヤさん」

ボンドが声をかけると、相手もこちらに気付いたようだ。

「あら、ボ、ボンドさん」

「おにーちゃんだー」

妹のメイを連れたマーヤは、普段とは違う素材の良い衣服に身を包んでいた。だが中身の方は相変わらずで、舞台での演技が嘘《うそ》のように暗い性格になってしまうらしい。

「こんな所で何を？」

「ああ、えっと、この前の劇で、その、元々依頼していた貴族の方もご覧になったようで、その、それでまた、ここの劇場で公演しないかと、声をかけて頂いたんです。だから、今日は、それの打ち合わせで来ました」

それを聞いてボンドは不満げに眉根を寄せる。

「……いいの？　あなたたちを貧民という理由で嘲った人だよ？」

ボンドの疑問ももっともであると分かるマーヤは、狼狽《ろうばい》したように説明する。

「た、確かに、あの人も、私たちに対する偏見がありましたし、まだきっと完全には無くなってません。でも、あの人の演劇に対する情熱だけは、私たちと一緒でした。だから、そういった所から、少しずつ、打ち解けていきたいと思っています」

「ふーん。なるほどね」

彼女の言葉に、ボンドも納得した。

まだ差別意識は解消されなくとも、共通する思いがあれば理解し合える。階級を超越した関係性に、ボンドは少し嬉しくなる。

「……ふふっ」

突然マーヤが笑いを零したので、ボンドは少し驚いた。

「どうしたの？」

「そう言えば……ボンドさんが、『不思議の国のアリス』で勝負しようと提案した時、子供の頃、児童文学が好きになった切っ掛けを、思い出したんです」

「切っ掛け？」

「はい。私は孤児で、ホワイトチャペルの救貧院にいました。だけど文字が読めなかったので、代わりに別の男の子に音読して貰ってたんです」

ホワイトチャペルの救貧院と聞いて、妙な予感がボンドの内に湧き上がる。

「その子の言葉がまた、ボンドさんの考え方と、よく似ていて……いつも大人に隠れて集まっては、この国の、階級制度が生む歪みについて、説いていました」

「………！」

懐郷に浸って語るマーヤとは反対に、ボンドは意外な事実に全身に鳥肌が立っていた。

「随分昔の事だったので、すっかり忘れていたのですが、ボンドさんがウエストエンドの劇場に対抗するアイデアを出した時、ふとあの時の、光景が思い浮かんで……ど、どうしました？」

視線を落として熟考し始めたボンドに、マーヤが心配そうに尋ねた。

「いや、何でもないよ」

そして彼は徐《おもむろ》に込み上がってきた笑みを強引に抑え込む。

——もしかしたら、その子供たちって……。

断片的な情報を得たボンドの脳裏に、マーヤが語る子供たちの想像上の姿が浮かび上がる。それは自分がよく知る兄弟と違和感なく重なった。

だが、それはあくまで『そうかもしれない』というだけの話だ。ボンドは想像を打ち切ると、即座に平常心を取り戻してマーヤに向き直った。

「とにかく、マーヤさん。新たな公演依頼、おめでとう」

「い、いえいえ、全てボンドさんたちのお陰ですし」

「おかげー」

ぶんぶんと首を横に振るマーヤと、それを真似するメイ。

「ううん、僕はただ提案しただけ。実現したのは全部マーヤさんたちの実力だよ」

「そ、そんな……でも、ありがとうございます。それでは、公演が決定したら、是非観に来て下さい」

「勿論。凄く期待してるよ。日にちが決まったらチケットを買いに――」

と、そこでボンドの頭にちょっとしたアイデアが思い浮かんだ。彼は人差し指を立ててマーヤに微笑みかける。

「マーヤさん。今回の件の指導料って訳じゃないけど、一つだけお願いを聞いて貰えるかな？」

「は、はあ……何でしょうか？」

小首を傾げるマーヤに、ボンドは少しだけ顔を近付ける。

「公演のチケットだけど、僕の分に加えてもう一枚、ベーカー街《ストリート》の221のB――シャーロック・ホームズの家に匿名で送って欲しいんだ」

「まあ、それくらいなら大丈夫ですけど……」

奇妙な依頼にマーヤはやはり不思議そうにしながらも了解した。ボンドは満足して彼女から離れると、そのチケットが届いた後の展開を想像する。

きっと彼は身に覚えの無いチケットが届いて不思議に思う事だろう。そして匿名のチケットという謎に好奇心を刺激され、劇場に行ってマーヤたちの演劇を鑑賞する。

――その横に変装した自分が何食わぬ顔で座っていたとしたら、果たしてあの探偵は気付くだろうか。

スリル満点の悪戯を思い付いたボンドの口元に、微かな艶のある笑みが生じる。だがそんな表情も瞬時に好青年の爽やかな笑顔に変わった。

「ありがとう。それじゃ、公演楽しみにしてるね」

「はい。こちらこそ、ご来場をお待ちしています」

そうしてマーヤたちに別れを告げて、ボンドは再び劇場街を歩き出す。

瀟洒《しょうしゃ》な造形の建物が並ぶ街並みは、イーストエンドとは真逆の光景。

だがその真逆の世界に住む人々が、ここに残した爪痕をボンドは知っている。

一時の間、元女優として目眩《めくるめ》く劇場の世界を堪能したジェームズ・ボンドは、特殊工作員として暗躍する本来の舞台へと戻っていく。

MORIARTY
THE PATRIOT

3
永遠のこどもたち

「おや、これは……」

穏やかな昼下がり。屋敷の執務室で棚を整理していたルイスが何かを発見した。一緒に掃除を手伝っていたジャックとフレッドが興味を示す。

「どうした、ルイス?」

「先生、これを見て下さい」

ジャックに聞かれ、ルイスは戸棚の奥から小さな箱を取り出した。

「……それは何ですか?」

そう尋ねるフレッドは不思議そうな顔をしているが、反対にジャックは箱の中身に見当が付いているらしい。

「もしかしてあの時の?」

ジャックの問いかけに、ルイスはゆっくりと頷《うなず》いて箱の蓋を開けてみせる。

箱の中には——一本のナイフが入っていた。

「まだ取っておいたんだな」

「はい。とても懐かしい品ですね」

ジャックとルイスの感慨深げな口振りから、フレッドはこのナイフが意味する事を察して、二人を交互に見た。

「もしかしてそのナイフ、師匠と何か関係が？」

「ええ。僕たちが先生に戦闘の心得を学んでいた頃のものです」

闇の世界に生きる決心をしたモリアーティ三兄弟は、ロックウェル家に引き取られた後、その屋敷の執事だったジャックから護身術、及び殺人術を叩《たた》き込まれた。

「あの時は驚かされたな。まさか子供から戦闘術を教えてくれと頼まれるとは……」

当時を思い出して苦笑するジャックに、ルイスはくすりと微笑《ほほえ》んだ。

「しかし本当に驚いたのはそれからだったのでは？」

「確かに。あれはワシもしてやられたな」

ルイスの言葉に、ジャックが苦笑を浮かべた。

「……何か、あったんですか？」

意味深なやり取りをする二人にフレッドが問いかけると、ルイスが微笑と共に答えた。

「あれは、僕たちが先生に戦闘術の教えを請うた直後の事でした」

ロックウェル伯爵家の室内で、一人の執事と三人の子供が正面から向き合う。

「ただし私《わたくし》の教えはちと厳しいですよ。坊ちゃん方」

ジャックはウィリアムたちを見つめながらそう言った。声音こそ物静かなものだったが、そこにはかつて戦場で名を馳《は》せた猛者の気迫と威厳が籠もっている。

「……望むところです」

対するウィリアムは相手から視線を逸《そ》らす事なくそう言い返す。

ジャックが彼ら三人から過去の素性を見抜かれたと知ってからほんの数分。既にジャックは彼らの中に宿る並々ならぬ何かを感じ取っていた。そうでなければ、まだ幼さを残す子供から殺人術を学びたいと言われて早々に了解できるはずが無い。

しかしその一方で、簡単に要求を受け入れて良いのかと自問もする。彼らが何を企《たくら》んでいるのかは不明だが、少なくともその覚悟に見合った野望を秘めているに違いない。恐らく、この国を根底から覆しかねないような大業を。

だからこそ自分も生半可な気持ちで取り組む訳にはいかない。即座にこの子供たちの真価を見抜く必要がある。

モリアーティ兄弟の意思に心を震わせている事はおくびにも出さずに、ジャックは一つ提案をした。

「――でしたら、早速ですが坊ちゃん方の実力を測らせて頂きましょう」

「実力、ですか?」

ジャックの言葉にルイスが首を傾《かし》げる。

「そう難しく考える必要はありません。簡単に申せば入門テストのようなものです」

その説明に納得したアルバートは、爵位を継いだ長男らしい丁寧な口調で言った。

「それに合格すれば、我々は正式にジャックさんの弟子にして頂けるのですね? その上、我々の身体能力などを知っておけば、それに合わせて鍛錬の内容なども具体的に決められる、という訳ですね」

「まあ、そんなところですかな」

ジャックが肯定すると、ウィリアムとルイスも了解する。

「でしたら、そのテストの内容というのは?」

ウィリアムの質問にジャックが微笑を絶やさぬまま答える。

「テストはシンプルに模擬戦闘というのは如何《いかが》でしょうか?」

ルイスが考え込む。

「模擬戦闘……どのようなものですか?」

「あなた方三人で力を合わせ、計三回　私《わたくし》に攻撃を当てて頂きます。範囲はこの屋敷の敷地内。制限時間は一時間程が適当かと」

「なるほど。丁度今、この屋敷は人が出払ってるようですし、実戦に近い形式で模擬戦を行うにはベストという訳ですね？」

ウィリアムの理解の早さに、ジャックは感心したように言う。

「流石《さすが》、聡明《そうめい》であられる。取り敢《あ》えずそれ以外にルールはありません。私《わたくし》に三発当てる事が出来れば、あなた方を直《じか》に教えるに値すると認めましょう」

「分かりました」

ウィリアムが返事をすると、ルイスが部屋の扉に向かう。

「でしたら、僕たちも準備をして――」

「準備？」

ルイスの言葉を遮るようにジャックが言った瞬間、ルイスの身体《からだ》を強烈な衝撃が襲った。

「かはっ……」

突然の出来事に、一瞬ルイスの意識が途切れる。気が付くと目の前には不気味なほどに変わらぬ笑みを湛《たた》えたジャックの顔があった。加えて喉元を強く締め付けられ、呼吸もままならない。背中には冷たく固い壁の感触。ルイスはジャックに胸ぐらを摑《つか》まれたまま、壁に押さえつけられていた。

自分を捕らえる手を振り払おうと、もがくルイスを見ながら、ジャックは言う。

「戦闘がご丁寧に合図と同時に始まるものと考えておいでですか？　ならば少々認識が甘いと言わざるを得ません。いつどこで起こるか分からないのが実戦というものです」

「ぐ、うう……」

ジャックの握力が強まり、徐々にルイスの意識が遠のいてくる。しかし彼は苦悶《くもん》の表情を浮かべるどころか、口の端を僅かに持ち上げてみせる。

「確かに……兄さんの予想通り、だ」

「何？」

ルイスの発言にジャックは嫌な予感を覚える。はっとして横を見ると、左からアルバートが突っ込んできていた。その手には小型のナイフが握られている。

「……！」

ジャックは反射的にルイスをアルバートに投げつける。だがアルバートはその対応も予期していたのか、上手《うま》く衝撃を殺してルイスを受け止める。

「…………」

素早く戦闘態勢を整えるアルバートとルイスを、ジャックは両の拳を握り締めながら睨《にら》み付ける。その右手の甲には一筋の切り傷が走り、足下にはナイフが落ちていた。ルイスを受け止めながら、アルバートはナイフを投擲《とうてき》していたのだ。

「兄さん、ルイス！」

ジャックの後方、部屋の入り口からウィリアムが叫ぶ。ジャックがそちらを目の端で捉えようと首を動かすと、残る二人が一気に開いた扉へ駆け出した。

逃げる二人を捕らえようとジャックは手を伸ばすが、その手に付けられた傷を見て動きを止める。そのまま三人が部屋から脱出する様子を、彼はあえて見逃した。

——自分の行動は全て読まれていたというのか？

テスト開始と同時に、教訓の意味も含めてルイスに先制攻撃を与えた。

だが相手は瞬時にこちらの動きに対応して一人が隠し持っていた武器で反撃、もう一人は部屋の扉を開けて脱出路を確保。見事に一撃を与え、逃走を果たした。

意表を衝《つ》いたつもりが逆に意趣返しを食らわされ、ジャックの中に奇妙な興奮が湧き上がる。そこには相手をたかが子供と侮った自分自身への怒りと、あの年齢でそこまでの想定をしていたウィリアムたちへの戦慄が混ざっている。

ジャックは瞑目《めいもく》して一旦心を落ち着かせ、気を引き締める。

やはり、あの子供たちは只者《ただもの》ではない。

部屋から逃げおおせた後、屋敷の廊下を走りながらウィリアムはルイスに声をかける。

「大丈夫、ルイス？」

「はい。まだ少し呼吸が苦しいですが、動きに支障はありません」

ルイスの言葉に、アルバートが微笑んだ。

「……なら良かった。だけどあの様子だと、やはりウィルが考えたように……」

長兄の言葉を聞きながら、ルイスが喉元を摩《さす》る。

「ええ。身を以《もっ》て味わったから分かります。確実にジャックさんは僕を殺す気でした」

「……そうか」

ウィリアムが真剣な面持ちで語る。

「ジャックさんがルールを提示した時、僕たちの合格条件は言ったけど、僕たちがどうなると失格かは伝えなかった」

兄に続いてルイスも私見を述べる。

「一応、指定された範囲内から出たり、時間をオーバーした場合は失格となるのでしょうが、普通に考えればそこに『僕たちがジャックさんから攻撃を当てられる』といった条件も加えられるはずです」

「つまり、そんなルールを設ける必要は無かった」

アルバートの一言が意味する事を、二人も既に理解している。

戦闘、特に人を殺《あや》める極意を教わりたいと希望し、相手も了承した。それによって両者の間に他言無用の契約が交わされた。

そんな関係が築かれた上で行われたテスト。そこで仮に失格と判断された時、単純に師として教えを授ける事を拒むだけには止《とど》まらない。誰にも言えない秘密を共有した以上、完全な沈黙が約束されなければならない。

そしてこの場合における沈黙とは――死だ。

「ジャックさんの性格を考えれば、ルイスが推測した条件で失格した時は命だけは見逃してくれるかもしれない。だけどそうすれば僕たちには決死の覚悟が無いと見做《みな》され、永劫《えいごう》教えを受ける事は叶《かな》わないだろう」

ウィリアムの推論を受け、アルバートがジャックの思惑について結論付けた。

「つまり、テストに合格したければ命を賭けろという事か」

敷地内に残る限り、時間切れまでジャックは手加減無しにウィリアムたちを仕留めにかかる。伝説の兵士が本気の殺意で襲ってくるというのは恐れ戦《おのの》く状況だが、三人は違った。彼らは命を失うかもしれない極限状態の中でも、ごくごく平静を保っている。

三人で計三撃。現在一撃当てているので、残り二撃を与えれば合格。

「……望むところだ」

ウィリアムが囁《ささや》くように、もう一度その台詞《せりふ》を発する。

戦闘力において格上の相手に、どう立ち向かうか。

幼き愛国者たちの挑戦が始まった。

ウィリアムたちが消えてからおよそ一分。ジャックは手櫛《てぐし》で髪を簡単に整えると、ナイフ片手に部屋から出発しようとした。

だが廊下に出ようとしたところで、僅かに逡巡《しゅんじゅん》する。

先程の会話から垣間見《かいまみ》えたウィリアムたちの人柄を踏まえると、例えば廊下でジャックが出てくるのを待ち伏せるという手を取っている可能性がある。

そしてその攻撃方法として、最悪猟銃などの凶悪な飛び道具を用意しているかもしれない。極端なやり方ではあるが、『三発攻撃を当てる』という条件を満たすだけなら、細く、遮蔽物に乏しい廊下において銃という武器は有効だ。それに彼らの瞳からは、目的の為《ため》なら殺人も厭《いと》わないという冷徹さも感じられた。

だが、今回それは無い。ジャックは廊下への一歩を踏み出す。

何故《なぜ》なら彼らの目的は、ジャックから修行を受ける事にあるからだ。教えを受ける為に教師を殺してしまっては本末転倒となる。つまりこのテストにおいてジャックは命の保証がされているのだ。

ある意味一方的なルールではあるが、このような理不尽は闇の世界でなくとも頻繁にある。それに戦闘力においてもジャック以上の強敵と相対する確率も十分にある。そんな時に子供だからという言い訳は一切通用しない。無力な者に現実はいつだって残酷だ。

ジャックは廊下を歩きながら、自らに言い聞かせる。

――この程度で死ぬのなら、そこまでの器というだけの話。

育てるに値しないなら、いっそ危険な芽は摘み取った方が良い。彼らに尋常ならざる才覚を見て取ったからこそ、ジャックは心を鬼にして非情なテストを実施したのだった。

そんなジャックだったが、彼は廊下を半分程進んだところでいきなりその足を止める。

彼の視線の先で、アルバートが一人小型ナイフを手に堂々と佇《たたず》んでいた。

どんな奇策を用いてくるかと思えば、姿も隠さず待ち構えるとは。兄弟の狙いを今一つ読みかねるジャックに、アルバートは穏やかに語りかける。

「念の為に聞いておきたいのですが、我々が命を落としたら、死体はどのように処理するおつもりで？」

ジャックも恭しく一礼しながら返答する。

「それにつきましては心配には及びません。坊ちゃん方の亡骸《なきがら》は人目に付かない郊外の森にでも埋葬しましょう。屋敷内にも無闇に汚れを残さないつもりですので、攻撃の際には可能な限り出血も抑えます」

「なるほど。仮に死体が見つかった時は、『モリアーティ兄弟は事故のショックから立ち直れずに、互いに傷つけ合って心中を図った』と説明すればいいかもしれませんね」

「わざわざアルバート様自ら明瞭な動機をご用意して頂き、感謝の言葉もございません」

内容だけ聞けば何とも悍《おぞ》ましいが、二人の声音はまるで他愛ない会話でもするような、不気味なほどに温和なものだった。

「――既に御察しのようですが」

ふと、ジャックの声に剣呑《けんのん》な響きが宿る。

「私《わたくし》は手心を加えるつもりは一切ございません。全霊を以て坊ちゃん方を狩りに行く所存です。ですが今この瞬間だけは降伏を認めましょう。そうなさる場合、命を取らない代わりにあなた方が抱く野望も全て諦めて頂きます。中途半端な野心ならば早々に葬り去って忘れるべきです」

執事からの警告に、アルバートはあくまで穏やかな笑みで応じる。

「ご親切な忠告を頂いた上で、私としては非常に心苦しいのですが――お断りします。このくらいで怖《お》じ気づいていたら、決して我々の目的は達成できない」

子供たちの覚悟に、ジャックは豪快に笑った。だがその大笑も即座に消える。

「――その意気や良し」

ジャックは気迫の籠もった声でそう零《こぼ》すと、間髪容《い》れずにアルバートに向かって駆け出した。対するアルバートは、瞬時にジャックに背を向けて逃走を図る。

その行動はジャックも予想していた。会話の最中《さなか》、ジャックはお辞儀で相手から視線を外すなどしてあえて隙を作ったのだが、攻撃の気配は察知できなかった。

つまりアルバートがあの場で待っていたのは、他の二人が隠れて待ち伏せする為ではなく、わざと姿を現して自分を追わせる為だ。

つまり現段階における彼の役割は陽動。大方、純粋な戦闘力で勝るジャックを自分たちが優位となる場へと誘い込む事が狙いだろう。兄弟の中では比較的身体が出来上がっているアルバートは、相手を引きつけながら逃げるには最適な人選だ。

そんな思惑を読み取った上で、ジャックはあえてそれに乗る形でアルバートを追う。

単純に彼らがどんな罠《わな》を用意しているかという興味もあるが、それ以上に勝利の為なら死地に飛び込むのを躊躇《ためら》ってはいけない時もある事をジャック自ら証明する為でもあった。

ましてや、子供であるアルバート自身が歴戦の兵士相手に逃げ回るというリスクを負っている。ならば大人がその覚悟に正々堂々応じなくてどうする。

アルバートはそれなりに俊足だったが、如何《いかん》せん子供と大人の身体能力差は大きい。ジャックはアルバートとの距離を瞬く間に縮めていく。

そしてあと少しでナイフが届きそうになったところで、二人の先に開け放した扉が見えてきた。そこは使用人の寝室として利用している部屋だ。

アルバートはそこに入ると、すぐに扉を閉めにかかる。だが、ジャックも扉を摑んでそれを阻止。すぐに室内へと踏み込んだ。

——瞬間、ジャックの視界が暗転した。

部屋の中は暗闇だった。明るい廊下からいきなり闇の中に飛び込んだので、明度の落差に視覚が追いつかない。そしてすぐ後ろで扉が閉まり、廊下から差す光も失われて部屋は暗室と化した。

だが動揺したのはほんの一瞬。彼はナイフを構えて応戦する姿勢に入る。仮に今アルバートが攻撃を仕掛けていたら返り討ちにしていただろう。

更に仕事柄、各部屋の構造や家具の配置を全て把握しているジャックは、部屋の入り口に置いてあるはずの、ある物を暗闇の中で摑んだ。

やがて少しずつ闇に順応してきた目で室内の様子を観察する。いくら照明を消しているとはいえ、日中にこの部屋はここまで暗くはならないはずだ。よく見ると、本来窓がある所に厚い布がかかっていて、外から入る光を遮っている。初撃にカウンターを合わせた点も含めて、下準備に余念が無い。

兄弟たちの周到さに舌を巻いている最中も、ジャックは全身の感覚を総動員して先に入室したアルバートの気配を探っていた。

呼吸、衣擦《きぬず》れ、空気の流れ、微《かす》かな体臭。まだ確実にアルバートは部屋の中にいる。だが、正確な位置までは摑んでいない。もしかしたら、ウィリアムとルイスもどこかに潜んでいるかもしれない。

ジャックの推測はほぼ当たっていた。この部屋ではアルバート、それと待ち伏せていたルイスがそれぞれ小型ナイフを手に息を殺していた。ルイスに至っては、先に暗室で目を慣らしていたのでジャックの姿もうっすらと視認できていた。

ルイスは摺《す》り足で徐々に相手との距離を詰めていく。部屋はしん、と静寂に包まれている。僅かなミスで音を発すれば、本当の意味で致命的だ。

相手が完全に闇に慣れてしまうより早く、かつ呼吸を殺して繊維の擦《こす》れや床の軋《きし》みなど絶対に無いよう、慎重に動く。これだけでも精神的に相当の負担だが、決死の覚悟を持ったルイスはこの張り詰めた戦場においても微かに心音を乱すのみに緊張を押し止める。

そしてジャックにあと三歩で武器が届く位置まで迫った。相手はまだこちらの存在に気付いていない。ルイスは密《ひそ》かに深呼吸すると、素早く一歩を踏み込む。

——ピチャリ、と足下で音がした。

「………！」

予期せぬ水音に背筋が凍ったルイスは瞬時に後ろへ身を引く。直後、顔前で風切り音がした。音を聞き付けたジャックの一撃を辛うじて回避したのだ。

「おや、外してしまったようですな」

手応えの無さにジャックが残念そうに呟《つぶや》いた。そして彼は今のやり取りでもう一人の存在に気付いたらしい。

「ですが、これで終わりではありませんよ」

ふ、と笑い声を零すと、ジャックが足音を殺してルイスとの距離を詰める。そして続け様の攻撃が浴びせられる。ルイスはナイフの刃を横にして防御の構えに入ったが、すぐにはじかれてしまう。

だがルイスへの追撃は来なかった。彼が反対側を向いてナイフを振るう輪郭だけをルイスは捉える。窮地に陥ったルイスを、アルバートがジャックの背後を狙う事で援護したのだ。

しかしジャックは軽々とアルバートの刃《やいば》を防ぎ、逆に彼を追い詰めていく。暗中で無ければとっくに勝敗は決していただろう。

とにかく、闇を利用した迎撃は失敗した。このまま挟み撃ちにしても勝ち目は皆無だ。ルイスは窓に駆け寄ると、勢いよく布を引き剝がした。少し落ちかけた日の光が一気に室内に降り注ぐ。

「……くっ」

暗闇に慣れかけていたジャックは堪《たま》らず目を細める。彼が怯《ひる》んでいる間に、アルバートは逃げに転じる。

明るくなった室内で、ルイスもアルバートと視線を交わすと部屋の扉を開けて再び逃走した。部屋から出る間際、床の上にいつの間にか出来ていた水溜《みずた》まりと入り口に置かれた花瓶が目に映った。

ジャックは暗闇でも敵の接近に気付けるよう、花瓶の水を静かに床に広げて即席の罠を作ったのだ。入念な仕込みをして臨んだのに、呆気《あっけ》なく優位を覆された。これが戦闘経験の差だろうか。ルイスとアルバートは、ジャックの老練な手口に驚嘆する。

一方、また部屋で一人取り残されたジャックは、肩を回して凝《こ》りを解《ほぐ》していた。まるで今の攻防は只の準備運動と言わんばかりの気楽な動きだ。同時にジャックは子供たちの作戦に考えを巡らせる。

あちらの基本戦術は、陽動でこちらを引きつけ、残りがどこかで待ち伏せるというもの。これを繰り返してヒットの回数を稼ぐつもりだろうか。ならば歴戦の古兵《ふるつわもの》であるジャックにとっては想定の範囲内であり、対応にそう苦労は無い。

しかし、ジャックには気になっている点が一つある。

それはウィリアムの存在だ。今のやり取りはアルバートとルイスの二人で行われた。仮に今三人で同時攻撃を加えていたら、一矢報いるくらいは出来たかもしれない。

だが、彼らはそれをしなかった。ウィリアムは攻撃に参加せず、未《いま》だその所在は不明。もしかすると前衛は兄と弟に任せ、自分は仕込みに徹しようという腹か。

あの三人は全員が特異な風格を備えているが、ウィリアムは頭一つ抜けている。アルバートとルイスも、どこかウィリアムを重要な存在と認識している気がした。

だからこそまだ姿を見せないウィリアムの存在が脳裏にちらつき、目前の二人を仕留めきれない。どちらかに集中した瞬間、意識の外から隙を衝《つ》いてくるのではないか。そうジャックは本能的に警戒していた。

しかし、このまま時間切れを待つのも釈然としない。それにやはり相手の策にあえて乗るという姿勢を見せつける必要がある。

詰まる所、このテストの肝はジャックの腕前とウィリアムたちの頭脳、どちらが上回るかだ。

最初の結論に戻ったジャックは再びアルバートらを追った。

次は先刻と異なり、すぐに二人の後を追跡している。案の定少し進んだだけで彼らの後ろ姿を視界に収める。そのまま一息に仕留めようと、ジャックは走り出す。

だが次の瞬間、通り過ぎた部屋の扉が突然開いた。ウィリアムが何か仕掛けてきたかと瞬時に足を止めて振り向いたジャックだったが、現れた人物を見て即座にナイフを後ろ手に隠した。

「あら、ジャックさん？」

部屋から現れたのは、屋敷で雇っているメイドだった。

「……どうして」

ジャックが呆然《ぼうぜん》と呟くと、メイドは声を潜めて語る。

「実は、ウィリアム様からこっそりおやつを持ってきて欲しいとせがまれてしまって。だから他の使用人が出払ってから部屋に持って行こうとしたんです。ですがジャックさんがいらしたなんて驚きました」

「ああ、そうなんですか」

咄嗟《とっさ》にジャックは平静を装ったが、頭の中は混乱していた。

このテストは部外秘であり、屋敷から人が消えた前提で行われるべきものだ。事情を知らない第三者の介入は双方にとってデメリットしか無い。

だが実際にはまだこうしてメイドが残っていた。しかも話を聞けば、それはお願いという形でウィリアムが事前に仕組んでいたようだ。しかし、その理由が分からない。下手をすれば自分たちにとって不都合な事実が知れ渡ってしまう怖《おそ》れもあるというのに。

「ところで、ジャックさんこそ何をしてらっしゃったんです？」

「ああ、それはですね――」

メイドに問われたが、まさか死闘を繰り広げていたとは言えない。ジャックが言い訳を考えていると、トンと背中を優しく叩かれた。

「はい、タッチですよ」

ジャックが驚いて後ろを振り向くと、無邪気な笑みを浮かべるアルバートとルイスがいた。今し方まで標的として追われていたとは思えないほど、その表情は自然なものだった。

ジャックに触れて嬉《うれ》しそうにする二人に、メイドが語りかける。

「あら、アルバート様とルイス様。一体何をしてらしたのですか？」

「今、ジャックさんと鬼ごっこをして遊んで貰《もら》っていたんですよ」

「まあ、それは楽しそうですね。さっき別の部屋から物音が聞こえてきたのも、それが原因だったのですね」

メイドは納得したようだが、ジャックは心の底から震撼《しんかん》していた。

鬼ごっこをしていたという体を装い、一人がジャックに触れた。だが彼らは今テストを受けている最中でもある。つまりこの『タッチ』は、そのまま二撃目を意味している。

リスクを承知でメイドを一人屋敷に残していた理由。それはジャックの役を切り替えさせる事にあった。本当の姿を知られる訳にはいかないジャックは、使用人たちの前では一介の執事に戻らなければならない。ウィリアムたちは最初から『兵士』のジャックには敵《かな》わないと予想し、彼が『執事』を演じなければならない状況を作り出したのだ。

そんな真相など露知らず、メイドは口元に手を添えて驚いた様子だった。

「けれど少し意外ですね。坊ちゃま方はとても大人しいお人柄だから、屋敷内を走り回るなんて遊びはしないものかと」

「いいえ、僕たちは年齢的にもまだ子供の域を出ません。偶《たま》にはこうして身体を目一杯使うような遊びもしてみたいのです」

「一応、物にぶつかって壊す事は無いよう注意しますので」

「その言い方が既に子供ではありませんよ」

アルバートとルイスの大人びた態度にメイドがくすくす笑う。ジャックも話に合わせて笑顔を見せるが、彼らの狙いを知った今、内心穏やかではいられなかった。

まんまと策に嵌《は》められてしまったが、このまま余計に追加の『タッチ』を食らう訳にはいかない。ジャックは呼吸を整える振りをしつつ、礼儀正しく振る舞うアルバートたちから数歩離れる。

「それでは、今タッチされてしまったので、次は私《わたくし》が鬼ですね？　手加減しませんよ」

「わあ、恐ろしい。これは頑張って逃げ切らなくては」

ジャックと兄弟は互いに親密そうな態度で言葉を交わす。その裏に潜む不穏な思惑には気付いていないメイドが、ほのぼのとした口調で言った。

「ジャックさんがお優しいのは知ってますけど、羽目を外しすぎないよう気を付けて下さいね」

ジャックは鷹揚《おうよう》な笑みで感謝する。

「お気遣い頂き、どうもありがとうございます。ですが私《わたくし》も負けず嫌いだからでしょうか、年甲斐《としがい》もなくはしゃいでしまいますね」

「ふふ、男の人っていくつになっても子供心がありますのね」

「その通りです。それと、おやつは後で私《わたくし》が用意しましょう」

早く無関係な人間をテストから外したいジャックはそう提案すると、メイドが「あら」と両手をぽんと合わせる。

「だったら私は夕飯の買い出しにでも行こうかしら。食材を切らしているとコックの方から頼まれてたんです」

「そうですか。ならばお任せします」

会話を終えるとメイドは早足で廊下の向こうへ歩き去っていく。その後ろ姿を見送ってから兄弟を振り返ると、既にアルバートとルイスも走り出していた。追いかけっこの再開だ。意外な形で追加攻撃を受けてしまった。残るはあと一撃。もう僅かな隙も動揺も許されない。三人同時攻撃という捨て身の戦法を取ってくる可能性も考慮して、ジャックは全力疾走で二人を追跡する。

そして少し先で二人が廊下の角を曲がった。ジャックがその数秒後に続いて角を曲がる。するとその先で信じがたい光景と出くわした。

――曲がった廊下の先で、ウィリアムが猟銃を構えて待ち受けていたのだ。

一瞬、老兵は恐怖した。疾走の勢いは止められない。直線の廊下での回避は困難を極める。だが、それだけは無いと先に確信していたはずだ。師となるジャックを殺めてしまえば、彼らの当初の目的から外れてしまう。

そんな事を考えていたジャックだったが、瞬間、彼は銃を構えるウィリアムの双眸《そうぼう》に寒気を覚えた。

その眼差《まなざ》しは、テスト前に彼がジャックに向けたものと同質の光を放っていた。信念の為なら手を汚す事を厭わない、凶悪な覚悟。

その強靭《きょうじん》な意志が今、自分に向けられている。同時にジャックは自らの決定的な認識の誤りに思い至った。

このテストは、ジャックがウィリアムたちの素質を確かめるものと考えていた。それ自体は間違いではない。だが、同時に彼らがジャックの師匠としての技量を見極める機会でもあると考えられるのではないか。

——この程度で死ぬのなら、そこまでの器だったという話。

それは、ジャックにも当て嵌まる言葉。

子供が放つ冷酷な殺気に肝を冷やしながら、ジャックはあえて突撃を試みる。

相手が自分の命を奪おうとしているのは分かった。ならばその攻撃にどう対処するかにジャックの思考は切り替わる。

走りながら凝視するのは、銃口。それが向けられる先を見定め、弾丸の回避に神経を集中させる。子供の腕力では銃の反動に耐えられず大きく仰《の》け反るはずだ。たった一発を躱《かわ》せば、確実にこちらのナイフの攻撃圏内まで近付ける。

アルバートとルイスがウィリアムの横を通過し、ウィリアムの引き金にかかる人差し指が僅かに動く。ジャックは銃が向く方向に注意する。今は真正面から突っ込んでいる。そのまま右に重心を動かすと相手もそれに合わせる。即座に左へ大きく一歩。そしてまた右へ。左右にフェイントを織り交ぜながら進むジャックに、ついにウィリアムが照準を合わせ、発射音が鳴る。

――しまった。

ジャックは自分の迂闊《うかつ》さを呪う。銃は撃たれていなかった。発射音だと思った音は、恐らく先に通り過ぎた内の一人が袋を破裂させるなどして鳴らした音だろう。音が鳴った瞬間、左右へ動きを散らしていた彼は上へ飛んでいた。飛んでしまっていた。

空中にいるジャックにウィリアムが狙いを定める。この状態から弾を避《よ》けるのは不可能。だがジャックも相当ウィリアムに接近していた。被弾覚悟でウィリアムを攻撃せんとナイフを構える。

だが、ウィリアムは銃から片手を離して後ろに回す。そしてある物を目の前に差し出した。

「な……！」

銃は撃たれずに、ジャックは無事着地する。だが突きつけたナイフはウィリアムが差し出した物の直前で急停止していた。

ウィリアムが持っているのはティーカップだった。ウェッジウッドの高級な品で、屋敷の主が大切にしている。当然それを傷付ける訳にはいかないジャックは、攻撃を止《や》めざるを得ない。

相手の動きが止まったのを確認すると、ウィリアムは茶器を手放した。ジャックは反射的に床に落ちていく茶器を掴む。

——直後、彼の喉元にナイフが突きつけられた。

「これで、三撃目ですね」

ウィリアムはそう言うと、ジャックの喉にちょっとした切り傷を付けた。

「……私《わたくし》の負け、という訳ですか」

テストは終了。モリアーティ兄弟が計三回攻撃を加えたので、彼らは合格条件を満たした事となる。アルバートとルイスも戻ってきてウィリアムの横に並んだ。

ジャックは茶器を手に持ったまま、ピンと背筋を伸ばした。彼の顔を見上げる子供たちの顔がある。無邪気さとはかけ離れた、どこか危険な雰囲気を漂わせる笑顔だ。

「一瞬、本気で撃ち殺されると思いましたよ」

ジャックが語りかけ、ウィリアムが答える。

「あれはジャックさんを動揺させる為の手段でしたので、本当に撃つ気はありませんでした。外して室内に弾痕が残るのは避けたかったですし」

ジャックは納得したように頷くと、手の中のカップを見る。

「迫真の殺意を向けて私《わたくし》の心を揺り動かし、続け様に茶器を突き出して動きを止める、二重の罠だったのですね。……ちなみに、これは全てウィリアム様の考えで？」

「はい。ですがアルバート兄さんとルイスがいたからこそ成功した策です。それにジャックさんが終始兵士としての振る舞いを徹底していればこのような結果にはならなかったでしょう。力の差があるとはいえ、戦闘中に執事の顔を見せるべきではありませんでしたね」

「……返す言葉もございません」

遥《はる》か年下の少年からの鋭い指摘に、思わずジャックは苦笑を零してしまう。結局、最大の敗因はジャックのテストに対する認識の甘さにあったのだ。

しかし、それでも――ジャックは思考する。

自分が兄弟の知能と覚悟を見誤って、心のどこかで油断していた点は認めよう。だが、その油断による隙を目に見える形で引き出したのは掛け値なしにウィリアムの実力だ。

彼はこちらの心理を読み解いて次なる動きを予測し、確実に行動の選択肢を狭めつつ、結果思い通りに操ってみせた。実際、メイドを退場させた後はもう執事としての自分が狙われる事はないだろうと思い込んでいた。だが直後に本気の殺意を差し向けられ、焦りに心が満たされた時、再度執事の顔を引き摺り出された。あの時の自分は、さながら蜘蛛《くも》の糸に搦《から》め捕られた獲物のようだった。

およそこの年頃の子供には似つかわしくないレベルの人心掌握術に、ジャックは改めてウィリアムを末恐ろしい存在と思う。

すると、ウィリアムが穏やかな声で問いかけてくる。

「僕たちなりに知恵を絞りましたが、あなたのお眼鏡には適《かな》いましたか？」

するとジャックは喉の傷を摩って指に付いた血を見つめた。

「……あなた方は私《わたくし》の性格や立場を的確に分析し、私《わたくし》を自在に操った。実力が上の相手に対し、知略を駆使して目標を達成したその手腕、見事と言わざるを得ません」

そしてジャックは、兄弟に対して膝を折る。

「あなた方を弟子に取る件、改めて了承致しました。不肖、この執事めが全身全霊をささげてあなた方兄弟を立派な腕利きに育て上げてみせます」

こうして命を賭した入門テストに、ウィリアムたちは合格した。

「……そんな事があったんですね」

ルイスとジャックからの話を聞き終えたフレッドは、師弟関係を築くにあたっての秘話に溜息《ためいき》を吐《つ》いた。

ルイスが微笑んで、箱のナイフを見つめた。

「このナイフは、兄さんが最後に先生に攻撃を加えた時のものなのですよ」

「全く、あの時はお前ら兄弟にしてやられたわ」

ジャックが豪快に笑うと、ルイスが苦笑する。

「あれはウィリアム兄さんの策とアルバート兄様の運動能力あっての合格でしたからね。それに比べて、僕は少々足を引っ張ってしまいました」

「いや、そうでもないぞ。闇の中であそこまで気配を殺すなど、並大抵の子供に出来る事ではないわ」

「先生から褒めて頂けるとは、光栄です」

「それに修行を終えたお前らはとっくにワシの腕を超えている。もっと胸を張れ」

「はい。ありがとうございます」

礼を言って背筋を伸ばしたルイスの背中をジャックは叩く。すると傍らで何やらうずうずしているフレッドが目に入った。

「どうした、フレッド？」

「僕がもしそのテストに参加していたら、ルイスさんたちの役に立てたでしょうか」

照れ臭そうに言うフレッドに、ルイスが微笑みかけた。

「ええ。あの場にフレッドがいれば、きっと僕たちの作戦はより高次元のものになっていたでしょう」

「何？　それはつまり、よりワシを罠に嵌めやすくなっていたという事か？」

「い、いえ、決してそういう意味ではなく……」

慌てて取り繕うルイスをからかいつつ、ジャックは箱に入っていたナイフを手に取った。微かに付着した血の跡は綺麗《きれい》に拭き取られ、刃は銀色の光を放つ。その輝きは、確かにあの時兄弟たちの目の中に見た光と瓜二つ《うりふた》だった。

あれから長い修行の時代を経て、彼らも成長し心も身体もすっかり大人になった。だが、壮大な野望を秘めたあの瞳の輝きは未だ子供の頃と変わらない。

幼き頃の夢を永遠に抱いて、これからも彼らは進み続ける。

そしてジャックは、かつての師から一人の協力者となった自分の行く末に思いを馳せて、一人微笑むのだった。

MORIARTY THE PATRIOT

4

ある夜の出来事

今日もベーカー街《ストリート》は多くの人々が行き交っていたが、その賑《にぎ》やかさとは裏腹に街全体はどこか無機質で物寂しげな雰囲気に包まれていた。

恐らく雨が近いのだろう。通りを歩くジョン・H・ワトソンは重々しい曇天を見上げながらそう思った。

「早めに帰った方が良さそうだな、シャーロック」

そう言って、彼は隣に並ぶシャーロック・ホームズを見る。シャーロックは両目を細めながら雨の匂いを嗅ぎ取るようにすんと鼻を鳴らすと、ジョンの言葉に同意する。

「だな。あまり濡《ぬ》らしたくない物もあるしな」

するとシャーロックは目線を自分の前に送る。二人は各々大きな紙袋を抱えており、中には食材や雑貨の類がこれでもかとばかりに詰め込まれていた。

ジョンが困ったように眉尻を下げる。

「シャーロック、少し私物を買い過ぎじゃないか？　今はいつも以上に金欠に喘《あえ》いでいるんだぞ」

注意を受けたシャーロックは気にする素振りも見せずに反論する。

「お前にとっては無駄でも、俺にとっては生活必需品なんだ。大目に見てくれ」

「仕方の無い奴《やつ》だな……」

こんな時くらい煙草《たばこ》を我慢すればいいのだが、そう言っても通用しない事を理解しているジョンは言葉を紡ぐ代わりに小さく嘆息する。心なしか袋の重量が増した気がした。

そうして歩みを進めていく内に、二人の住まいである部屋が近付いてくる。ベーカー街の221のB。名探偵シャーロック・ホームズと助手のジョン・H・ワトソンが英国の謎を解き明かす、その拠点となる場所だ。

だが二人はその下宿先を、歩調を緩めもせずにあっさりと通り過ぎる。通り際、ジョンは部屋の方を一瞥《いちべつ》した。

そこには、無残な破壊の跡が残っていた。建物自体は元の形を保っているものの、自分たちがいた部屋の窓ガラスは全損し、窓の向こうに見える部屋の内部には痛ましい程に焼け焦げた壁や天井が窺《うかが》える。

図らずもシャーロックたちが巻き込まれる事となった『大英帝国の醜聞』事件において、シャーロックはアイリーン・アドラーを救い出す為《ため》に自分たちの部屋を爆破するという大胆な作戦に打って出た。

その甲斐《かい》あって目的は果たせたものの、代償として当面の住まいを失ってしまった。なので今シャーロックとジョン、そして部屋の主人であるハドソンの三人は、部屋の修繕が終わるまでここから少し離れた場所にある安宿に宿泊しているのだ。

当面の仮住まいに向かいつつ、ジョンは肩を落とす。

「全員で了解した事とはいえ、やはり住み慣れた場所がああなってしまったのは辛《つら》いものがあるな」

「悪いな。あの時はああするしかなかったんだ」

シャーロックが前方を見ながら素直に謝罪の言葉を口にした。対するジョンは穏やかに笑いかける。

「別に俺は構わないさ。これに近い無茶は何度もやらされた経験もあるしな。……おや」

話の途中でジョンの手元にポツリと水滴が落ちる。その冷たい感触を認識すると、続け様に雨粒が降り注いだ。

シャーロックがジョンを見る。

「思ったより早めに来たな」

「ああ、走ろう」

ジョンが答えると、二人は両手で袋を抱えながら小走りで宿まで向かう。

宿に到着すると、頭を軽く振るって髪の水気を払い、受付を素通りして部屋に行く。紙袋を置いて部屋の扉を開けると、ハドソンが入り口に立っていたので、ジョンが首を傾《かし》げる。

「ハドソンさん、こちらに来ていたんですか？」

女性であるハドソンと相部屋にする訳にはいかないので、料金的には厳しくても男性二人は別に一部屋借りていた。なので彼女は今自分の部屋にいると思っていたが、何故《なぜ》ここにいるのだろうか。

するとハドソンは気まずそうに苦笑を返した。

「今、マイクロフトさんがいらしてるのよ」

「はあ？」

ハドソンの言葉に、途端にシャーロックが不機嫌顔に変わる。そのまま彼は詳細も聞かずに荷物を抱えて室内へ進む。すると壁際で椅子に座って窓の外を眺める兄マイクロフトの姿があった。

「……クソ兄貴。こんな宿まで押しかけてきやがって、一体何の用だ？」

実兄に対して苦手意識を持つシャーロックは開口一番語気を荒らげるが、マイクロフトはシャーロックの方を振り向くと穏やかに答える。

「相変わらずの対応だな、シャーリー。偶《たま》には私の予想を覆すような紳士的な態度でも取ってみたらどうだ？　それとも、そんな余裕も失うくらいに例の事件に悩まされたという事か？」

「うぐ……」

狭苦しい室内を見回しながら言うマイクロフトに、シャーロックは口元を引き攣《つ》らせて唸《うな》り声を発した。部屋を爆破した事自体は後悔していないものの、こうして冷静に指摘されると当時の自分の無体ぶりを自覚せざるを得ないからだ。

「……そうやって俺を小馬鹿にする為にここまで来たのか？」

辛うじて言葉を返して抵抗を試みるシャーロックに、マイクロフトは仕方無いとばかりに肩を竦《すく》めると単刀直入に言った。

「住む場所に困っているのなら、コッツウォルズにあるカントリー・ハウスを紹介しようと思ってな」

「……いきなり何言ってんだ？」

カントリー・ハウスとは、貴族や大地主が権威を示す為に自分たちの所有する領土内に建てる建築物の事だ。

それを貸すという突拍子も無い提案に不審そうに眉根を寄せるシャーロックに、マイクロフトは淡々と語る。

「苦境に喘いでいる弟に手を差し伸べるのは兄として当然だろう。それに、たとえ同意の上であっても、お前の策に巻き込まれたワトソン先生とハドソンさんの事を考えると少々心苦しくてね」

「いらねえよ、んな気遣い。こっちはこっちで勝手にやるからとっとと帰れ」

しっしっと手を振って追い返そうとするシャーロックだったが、後から部屋に入ってきたジョンはそんな彼を諫《いさ》めつつ、落ち着いて話を聞く姿勢に入る。

「僕たちに家を貸して下さる、という訳ですか。大変有り難《がた》い申し出です。まずは詳細を聞かせて貰《もら》っても？」

ジョンが尋ねると、マイクロフトは微笑を湛《たた》えて頷《うなず》いた。

「実は近々、私の知人である貴族が一週間程ロンドンに滞在する予定でね。その間に屋敷の留守を頼める人を探しているというから、住まいを失っている先生方と利害が一致すると考えたのだ」

ジョンは納得したように首肯する。

「なるほど。でも留守を頼むなら、使用人の方でもいいのでは？」

「知人が言うには、良い機会だから普段働き詰めの使用人たちにも休暇を与えたいとの事だ。先生方が来られないというなら、何人か残すつもりだとは言っていたが……」

「つまり僕たちが行けば使用人の方が休める。そして宿泊している間は僕たち三人で屋敷の管理をする訳ですね」

ジョンの解釈にマイクロフトが訂正を加える。

「いや、管理などと畏《かしこ》まった事は気にしなくていいそうだ。余程乱雑な生活さえしなければ、あくまで留守を守る事だけを心掛けて気楽に泊まって欲しい、と」

気前が良すぎて何か裏があるのかと勘繰りたくなるような話だが、マイクロフトが言うからには信用してもいいのだろう。現在の宿での生活に不満が無いでもないジョンは是非とも承諾したいが、相棒の方はそう簡単にはいかない。

案の定、シャーロックが不満げに舌打ちをする。

「俺たちはここにいる方が性に合ってんだ。何も無い地方の退屈なお屋敷暮らしなんざお断りだ。それにその間は依頼人からの仕事を引き受けられねぇだろ」

本心では二人にこんな暮らしをさせてしまっている事に罪悪感を抱いてはいるのだろうが、兄の意見に諾々と従うのが癪《しゃく》なのでどうしてもシャーロックは攻撃的な口調になってしまう。

それを理解しつつも、ジョンは一応シャーロックを諌めておく。

「シャーロック、実の兄に対してそんな口の利き方は無いだろう。マイクロフトさんは純粋に俺たちの事を思って提案してくれてるんだぞ」

「構わないよ、先生。昔からこんな事は日常茶飯事だったからね」

そう言ってマイクロフトが鷹揚《おうよう》に笑いかけると、次に彼は二人の後ろで様子を見守っていたハドソンに問いかける。

「弟はこう言っているが、ハドソンさんは如何《いかが》かな？」

「え、あ、あの〜……」

いきなり話を振られたハドソンは、辿々《たどたど》しくも返答する。

「そうですね。……私としても、まあ、助かるかな、とは思います」

意地を張りたいシャーロックの体面も考えて曖昧な表現にはなってしまったが、彼女は賛成の意を示す。

するとマイクロフトはジョンにも尋ねる。

「先生はどうかな？」

ジョンは一瞬答えに窮したものの、ふと足下の床が軋《きし》んだ音を立てたのを聞いて心を決める。そしてシャーロックの様子を見つつ、ゆっくりと頷いた。

「僕も、ここよりはそっちの方がいいかな、と。それに依頼は手紙とかでも引き受けられるでしょうし」

「…………」

二人が肯定的な答えを出し、残るはシャーロック一人。

外堀を埋められた上でも尚《なお》彼は葛藤していたが、やがて諦めたように天井を仰いだ。

「ああ、クソったれ。ここまで来て断ったら俺の我が儘《まま》になるだけじゃねーか。分かったよ。部屋が直るまでその貴族の屋敷に泊まらせて貰おう」

その答えに、マイクロフトが満足そうに微笑むのが悔しくて、せめて視界には入れまいとシャーロックは顔を背ける。

こうして住むにあたって幾つかの約束事を決めて、三人は部屋が直るまでの間、地方の貴族の屋敷に住む事となった。


マイクロフトが紹介したカントリー・ハウスは、シャーロックたちが今まで訪れた事のある貴族の屋敷よりはややこぢんまりとはしているが、歴史ある佇《たたず》まいの優美な邸宅だった。

石材をベースにしたゴシック様式の外観に、広大な庭には絶妙な配色で草花が植えられ、見る者の目を楽しませる。

当然、見かけ倒しという事は無く、屋敷の内装には華美な装飾が施され、各部屋には精緻な細工の家具が置かれて、壁には屋敷の主人の肖像画や著名な画家の風景画が掛けられている。あくまでシャーロックたちは客人の身なので、使用を許された部屋数は限られてはいるが、それでも庶民には手の届かないレベルの高級品の数々を目の当たりにした。

文字通り、シャーロックたち三人の生活は一変した。

一変した……のだが。

「――つまんねぇ……」

シャーロックは自分に割り当てられた部屋の窓から、穏やかな日光が降り注ぐのどかな庭の景色を眺めながら呟《つぶや》いた。

この屋敷に居候してから三日。シャーロックは早々にこの贅沢《ぜいたく》な住まいでの暮らしに退屈していた。

庭の草花は枯らさないよう簡単な手入れだけする程度で花自体にはさほど興味は湧かないし、屋敷内の装飾や家具や絵画もとっくに見飽きている。地下にあるというワインセラーには少し関心はあるが、勝手に手を出すのはやはり招かれた身としてはマナー違反だろう。

結局、この屋敷で出来る事など大して無いのだ。

ジョンの提案によって、この間にも仕事の依頼は手紙で来ているのだが、文面を読むだけで解決できるくらいに簡単な案件ばかり。シャーロックは難事件でも来ないものかと返事の手紙に事件の解決策を記しながら大きく溜息《ためいき》を零《こぼ》した。

露骨に飽きた様子の彼に、横にいたジョンがそっと声をかける。

「シャーロック。俺たちは少し前まで大事件に巻き込まれていたんだから、少しくらいこうして体を休めるのもいいと思わないか？」

「あのなぁ、ジョン。俺には休養なんて一日もあれば十分なんだよ。適度な刺激も無いままでいると頭にカビが生えちまう」

「そんな馬鹿な……」

大袈裟《おおげさ》な表現にジョンが呆《あき》れていると、二人のいる部屋の扉が開けられた。

「シャーロック、ジョン君、おやつが出来たわ」

そう言ってハドソンが銀製のお盆を持って入ってきた。盆の上にはこんがりと焼けたビスケットと紅茶が淹れられたシンプルなデザインのティーカップが載っていた。屋敷のキッチンの使用許可は得ているので、ハドソンは暇さえあればお菓子作りに精を出している。

「ありがとう、ハドソンさん」

「サンキュー」

二人が礼を言って、机に置かれた盆からビスケットを取ってさくさくと囓《かじ》る。

「どうかしら、なかなかの自信作なんだけど」

ハドソンが聞くと、ジョンは満足げに首肯する。

「とても美味《おい》しいですよ。なあ、シャーロック？」

「おお、うまいうまい」

シャーロックが死んだ目で感想を述べると、ハドソンは悲しげに首を横に振る。

「……あのね。そんなに暇なら近くの村にでも出掛けてくれれば？　こんなに天気が良いんだし」

助言を受けて、シャーロックは再び窓の外に視線を移す。

「それもそうだな……。そこで面白そうな事件でも起これば御の字だし」

「物騒な事を言わないでくれ。折角の平穏な時間なんだぞ」

シャーロックの性格を熟知してはいたが、仕事中毒もここまで来ると見事と言う他無い。

だが探偵の発言に多少の心配を覚えたハドソンがジョンの肩に手を置いた。

「ジョン君、この調子だとシャーロックが何をやらかすか分かったもんじゃないわ。念の為に付いていってくれる？」

「ええ。任せて下さい。それに僕も体を動かしたかったので、丁度良い機会です」

「お前ら、俺を一体何だと思ってんだよ……」

冗談半分の言葉が思いの外本気で受け取られている事にシャーロックは不満げにする。

その後、ハドソンに留守を任せて二人は屋敷を出発した。


シャーロックたちが滞在するコッツウォルズはロンドンから西に二〇〇キロ離れた土地で、なだらかな丘陵地帯を一面緑の牧草が覆う田舎らしい美観で知られている。

広大な緑の大地には白い羊の群れや小さな村が点々と見受けられる。村の建物はライムストーンという石灰岩で作られており、コッツウォルズ北東部では蜂蜜色、中部では黄金色、南西では白色に変化していく。

シャーロックとジョンは牧草地の中を突っ切る道を歩き、最寄りの村に到着する。

村の中には一本の小川が通っていて、それに沿って連なる石造りの家々と合わさると、まるで絵本の一ページを見ているようだ。

二人はそんな牧歌的な風景に心癒やされつつ、何か退屈凌《しの》ぎになる情報を得ようと村の中心部に向かった。すると、二人の前に二階建ての宿屋が現れ、そこの一階部分が酒場になっているのに気付いたシャーロックがにやりと口角を吊《つ》り上げる。

「おい、ジョン。暇潰しついでに一杯引っ掛けてこうぜ」

ジョンは怪訝《けげん》な顔つきになる。

「シャーロック。こんな真っ昼間から飲むなんて感心しないぞ」

「いいじゃねぇか。どうせ久々の休暇なんだ。少しくらい羽目を外そうぜ」

「さっきは休養なんて十分だと言ってた癖に……」

手の平を返すとは正にこの事を言うのだろう。

だがシャーロックの気紛《きまぐ》れな行動など今に始まった事では無い。渋々ジョンはシャーロックと連れ立って宿屋に入る。

流石《さすが》に田舎でかつ昼間だけあって、酒場の中は数人ほどの客が物静かに座っているだけで、都会のような賑やかさは無かった。店はカウンターにいる大柄な男が一人で切り盛りしているらしい。

二人はカウンター席に着くと店主に向けて、シャーロックは酒を、ジョンは軽いつまみを頼んだ。注文の品が目の前に出されると、シャーロックは酒を一口飲んでから、店主に尋ねた。

「なぁ、店主さんよ。この辺で何か面白い事でも無かったか？」

漠然とした質問に、店主は顎を摩《さす》りながら唸る。

「面白い事ねぇ。あるにはあるが、あくまで身内の話だからな。あんたらは観光客かい？」

逆に問い返され、ジョンが答える。

「いいえ、何というか……諸事情あって、この辺りの領主の屋敷に居候させて貰っているものです」

「へえ、すると貴族様のお仲間か？」

「そういう訳でもなくて……隣の彼は探偵で名をシャーロック・ホームズと言い、僕はその助手をしているんです」

「ああ、聞いた事はあるよ。へえ、あんたがそのホームズさんなのかい。わざわざこんな辺鄙《へんぴ》な場所まで来て、ご苦労なこった」

有名人に興味の無いらしい店主は、シャーロックの名を聞いても大した反応は見せない。

シャーロックが酒のグラスを見つめながら聞いた。

「そういや、あんたが今さっき口にした『身内の話』ってのは？」

最初の問いかけに店主が『あるにはある』と答えたのを覚えていたらしい。すると店主の声が少しだけ嬉々《きき》としたものに変わる。

「実はロンドンにいる俺の娘が結婚する事になってな。明後日《あさって》の夕方頃にその相手を連れてくるんだよ。前に一度会ったんだが、なかなかしっかりした男でな。都会で変な奴とくっついてたりしねぇか心配してただけに、ほっとしたよ」

「それはおめでとうございます」

ジョンが言うと、店主は照れ臭そうに頭を掻《か》いた。

「ありがとよ。そんでその日の晩にこの店で、近くの村の知り合いも集めて、結婚祝いの食事会を開く予定なんだ」

シャーロックは興味があるのか無いのか、「ふーん」と返す。

「でも、ここの二階って宿だよな。夜に騒いで苦情でも来たらどうするんだ？」

「今部屋を借りてるのは一人しかいないし、そいつにも許可は取ったから大丈夫だ。元々こんな小さな村にやってくる余所者《よそもの》自体珍しくてな。宿屋なんて形ばかりで、殆《ほとん》ど生計はこの酒場で支えてるようなもんさ」

「でも一人はいるんだな」

「ああ、つい最近やってきた男でな。無名ではあるが画家らしくて、静かな環境で集中して創作に励みたいとか言って、ここ一〇日くらい部屋を借りてるんだよ」

意外な日数にジョンが驚く。

「随分長期間の滞在ですね」

「どうせ空き部屋ばっかりだし、構わねぇがな。そんでアトリエ代わりに、ほら……あそこ見えるか？」

店主がカウンターから窓の外を指差す。宿屋から少し離れた位置、黒々とした地面が露出した広場の奥に小さな小屋が建っている。

二人がその小屋を確認して頷くと、店主は続ける。

「元々馬小屋だったのを改装して物置代わりにしてたんだが、そいつが『集中しやすそう』ってんで大荷物を馬車で運んできてからは、一日の殆どを閉じ籠もって過ごしてんのさ」

「何だか不気味ですね。元々あった荷物はどうしたんです？」

「大した量じゃなかったから、今は二階の空き部屋に移動したよ。村の奴らもあまり良い顔はしないが、それでも金はちゃんと払ってるから文句は言えねぇわな。元々物置にも大して物は無かったし、こっちとしては特に困った事はないさ」

店主が言い終えると同時に、丁度小屋の扉を開けて一人の男が出て来るのが二人の視界に映る。

シャーロックが口を開いた。

「あいつが、その画家か？」

「ああ、名前はレオスだ。フランス辺りの出身なんだろうな」

レオスは色白な長身痩軀《そうく》の青年で、正に浮世離れした芸術家らしいと言うべきか、酷《ひど》く見窄《みすぼ》らしい格好をしていた。肩にかかるくらいの長い黒髪の所為《せい》で顔立ちははっきりしないが、そのはきはきとした足取りから足腰の丈夫さが窺えた。脇には汚れた大型のケースを抱えている。

「…………」

シャーロックは感情の読めない目でその男がどこかに向かうのを見つめていたが、すぐに店主に視線を戻す。

「そんで、ここを拠点にこの辺りを巡って風景画でも描いてんのか？」

店主は首を横に振る。

「俺も最初はそう思ったんだが、どうも違うみたいでな。話によると、あいつは有名な画家の絵を手本にして絵の練習をしてるんだと」

「へえ、そういやずっと籠もってるって言ってたしな。景色を描くなら昼間は外出するもんだよな」

「確かに変人ではあるが、承諾したのは俺だし、問題も起こってないしよ。客がどんな場所でどんな描き方しようが、勝手だわな。——それより、探偵さんよ」

店主がシャーロックに対して少し身を乗り出す。

「何だ？」

「探偵って仕事してんだから、これまでおかしな事件に出会ってきたんだろ？　もしよかったら、そんな事件の一つや二つ、明後日の食事会で話しちゃくれねえかい？」

そう言って店主がにっと相好を崩すが、反対にシャーロックは顔を引き攣らせる。正直、赤の他人の結婚祝いなどに参加しても気まずいだけだ。なのでやんわりと断りにかかる。

「……ええと、誘ってくれて有り難いとは思うが――」

「――な、いいだろ？　折角の娘の結婚祝いなんだ。ちょっとでも盛り上がりそうな事なら、何だってしてやりてえんだよ」

しかし、シャーロックの思惑とは反対に、どうしても店主は探偵の体験した物語を披露させたいらしい。相手の押しの強さにシャーロックは一時怯《ひる》んでいたが、彼はやがて隣の相棒の肩を叩《たた》いて告げる。

「それなら、このジョンに任せておくといい。何せ俺が出会ってきた奇怪な事件の数々を、ずっと間近で目撃してきたんだからな」

「え？　いきなり何を言い出すんだ、シャーロック!?」

シャーロックが自分を差し出そうとしているのに気付いて、ジョンは狼狽《ろうばい》する。ジョンとしても、結婚を祝いたい気持ちはあるが、見ず知らずの人々が集う場所に話し手として駆り出されるなんて御免だった。

「いつもはあれこれ文句を言ってくる癖に、こんな時だけ評価するなんて卑怯《ひきょう》だぞ！」

「謙遜はいいって。お前の語り部《べ》としての力量はこの俺が保証する」

「いや、ちょっと待て――」

「――ほう。あんたが代わりに話してくれるのかい」

ジョンにとっては不幸な事に、店主が標的をそちらに定めてしまう。

「あ、あの、僕は……」

ジョンは両手を前に出してどうにか不参加の意を伝えようとするが、店主の眩《まぶ》しげな笑顔を前に、全ての抵抗は無駄だと察した。

「はい。謹んでご出席させて頂きます……」

「ありがとよ。礼と言っちゃなんだが、少し高めの酒をサービスするぜ」

店主がご機嫌になって後ろの棚から酒のボトルを取り出す。

強引な流れで人前で自分たちの推理《すいり》譚《たん》を語る羽目になって悄然《しょうぜん》とするジョンの肩を、シャーロックが叩いた。

「悪いな。俺が話すと自慢話っぽくなっちまう。今のうちに練習でもしとくか？」

「お前、ちょっとだけ楽しんでるだろ」

半笑いで提案してきたシャーロックを、ジョンが恨めしげに睨《にら》み付けた。

それから二日後。村で結婚祝いの会が開かれる予定の日。

夕方、ジョンを送り出してから、シャーロックは一階の自室で取り寄せた新聞を読んでいた。

出発間際、ジョンは「どうせなら二人で行こう」と誘ったが、シャーロックは「夜にハドソンさんを一人だけ残していくのは物騒だ」と自らに言い訳するようにして屋敷に残る事を決めた。ハドソンを引き合いに出されては反論も出来ないジョンは、一言二言愚痴を零して渋々村へと向かった。

現在時刻は深夜を迎えている。早ければそろそろ会はお開きになって、ジョンが帰宅する頃だろう。

外は車軸を流すような激しい雨が降っていた。昼間は晴れていたが、夜が深くなるにつれて天気が悪化したのだ。風は無いようだが、それでも時折雨粒が窓を叩く音がする。足下を泥塗《まみ》れにして帰ってくる相棒の姿を想像しながら、流石に気の毒だな、とシャーロックは一人反省する。

ロンドンに戻ったら何か奢《おご》ってやろうと心に決めてから、再び新聞に集中。ロンドンの雑多としつつも変化に富んだ様子を思い出しながら、改めて田舎で無聊《ぶりよう》を託《かこ》っている日々にうんざりする。

『ロンドン市内で美術品が盗まれる事件が多発。様々な目撃情報から、警察は犯人が西部方面に逃亡したと推測』。

ふと、そんな記事がシャーロックの目に入った。

西部に逃亡。ここコッツウォルズもロンドンより西にある地方だ。

「……まさかな」

シャーロックは自分の中に生じた考えを消し去るように頭《かぶり》を振った。

——しかし、そういった時ほど妙な予感は的中するものだ。

明け方近くになって雨が弱まった頃、ジョンが慌てふためいた様子で帰ってきた。

「大変だ、シャーロック！」

屋敷に戻るや否や、ジョンは足早にシャーロックの部屋に入って椅子で眠りこけていた彼の肩を揺すった。シャーロックは寝ぼけ眼を擦《こす》りながら尋ねる。

「どうした？　話がダダ滑りでもしたか？」

「そうじゃない！　その会で盗難事件が起きたんだ！　ほら、宿屋の隣に小屋があっただろ？　あそこにあった画家の絵が盗まれたんだ！」

ジョンが言った瞬間、シャーロックは跳ね上がるように立ち上がると、すぐに出掛ける支度を始める。

その素早い動作にジョンが感嘆していた。

「流石だな。もしかして何か起こるのを予期してたとか？」

「当たらずとも遠からずってとこだ。そんじゃ行こうぜ。詳しい事は道中で聞かせてくれ」

屋敷を出る時には雨は止《や》んでいて、天を覆っていた黒雲も既に遠くの方に流れていた。

シャーロックとジョンは朝焼けに染まる空と丘の黒々とした影のコントラストの中、急ぎ足で村へと進む。

その最中《さなか》にジョンはシャーロックに事件の内容を噛《か》み砕いて説明した。

宿屋の店主——名はロイというらしい——が主催する食事会には、娘パティとその婚約者ダルドリー、ロイの知人が二〇人程、そしてジョンと同様に無理矢理参加させられたのだろうか、何故かあの画家レオスもいた。

会の途中で、ジョンは全員の前で名探偵が解決してきた数々の難事件の話を可も無く不可も無くというレベルで語り終えて、どうにか役目を終える。その後は歓迎ムードの人々と食事や会話を楽しんでいた。レオスも参加者と思いの外打ち解けていた。

「良かったじゃねえか。てっきり俺はジョンが不要な笑い所を用意して失敗したってのを想像してたぞ」

「何せ俺はお前のお墨付きの語り部だからな。場を白けさせるような真似《まね》はせずに済んだよ」

他人事《ひとごと》のように言うシャーロックに、ジョンは皮肉を込めて言い返す。

事件が発生したのはそれから一時間程経《た》った時だった。

夜になって降り始めた雨は土砂降りに変わっていて、どうしても帰らなければならない者は別として、取り敢《あ》えずは雨が上がるのを待つ者が大半だった。調子に乗って雨の中ではしゃぎ回る人もいたが、何とそこにあのレオスの姿もあった。内気な性格に見えた彼のはっちゃけぶりを、ジョンは意外に感じたのを覚えている。

そんな中、パティの婚約者ダルドリーが隣の小屋に有名画家の絵があると聞いて興味を惹《ひ》かれたらしく、一人小屋に向かったらしい。そこで彼は絵画が無くなっているのを発見した。

「……とまあ、ざっくりとしてはいるが、全体の流れはそんな感じだ」

ジョンの話を聞き終えたシャーロックは、ふむと頷く。

「ちなみにジョンは事件が起こるまで何をしてたんだ？」

「俺は皆が盛り上がる中、隅の方でじっとしていたよ」

「なるほどな。その後会場にいた連中はどうしてる？」

前方を見ながら問うシャーロックに、ジョンも同じく道の先を見据えながら答える。

「一応、俺の指示で宿屋に残っていた人はその場に留《とど》まって貰ってる。先に会を後にした人や警察への連絡はあの店主に任せてある」

「上出来だ。仕事が早くて助かるぜ」

「どういたしまして」

やがて二人は村の宿屋に到着する。その中で、関係者一同が不安げな様子で探偵たちの到着を待ち構えていた。

「ホームズさん！」

するといきなり、あの痩せこけた青年レオスがシャーロックに飛び付いてきた。

「早く僕の絵を捜し出して下さい！　あなたは名探偵なんでしょう？」

事件の被害者である故か、レオスの顔は元々青ざめていたものから更に血の気が引いて、まるで死人のような土気色になっていた。見た目通りの気の弱さがその狼狽ぶりに表れている。加えて、どういう理由か服も泥で酷く汚れていた。

「まあ、落ち着けよ。焦っても絵は返ってきたりはしないぞ」

混乱状態に陥りかけている彼に、シャーロックは至極冷静な態度で対応する。そしてすぐに店の奥にいた店主に目を留めた。

「店主さんよ。警察はどれくらいで来る？」

「隣の村まで呼びに行ってるから、もう少しかかるだろう」

「分かった。それじゃ俺たちで簡単な聞き込みをやっちまうか。第一発見者は誰だ？」

てきぱきと探偵としての仕事を始めたシャーロック。もしかしたら警察が現場を踏み荒らす前に調査を済ませてしまおうという魂胆があるのかもしれない。

彼の言葉に、一人の背の高い男が手を挙げた。

「私です。パティの婚約者で、名はダルドリーと言います」

「あんたがダルドリーか。あんたはどんな経緯で絵が無くなっているのを発見したんだ？」

率直な問いに、ダルドリーは明瞭な調子で応じる。

「昨晩……厳密に言えば日を跨《また》いだ今日ですが、私はあの小屋に高価な絵があると聞いて興味を惹かれました。芸術鑑賞が趣味であった事に加え、少し悪酔いして浮かれていたのかもしれません。普段ならそんな事はしないのですが、私は宿屋を出て、土砂降りの中を絵があるという小屋に向かいました」

ダルドリーが周りの反応を窺うように見回すと、話を続ける。

「小屋の扉には鍵はかかっておらず、不用心だなと思って中を覗《のぞ》くと、中央に三脚の画架が二台置かれていました。一つには描き途中と思《おぼ》しき絵が置いてあって、これはレオス君が描いている作品と分かりました。ですがその絵の前にある画架には何も置かれていません。絵を参考にしているというなら、そこには一枚の絵があるはずです。おかしいと思った私は小屋の借り主であるレオス君を捜そうと宿屋に戻りました」

「僕は、ダルドリーさんが小屋に入る姿を見て、何事かと思ってその後に続いたんです」

レオスが口を挟むが、ダルドリーは気にした様子も無く続ける。

「彼とは宿屋に戻る途中で入れ違ったんでしょう。私がこの建物に戻って一分程してから悲鳴が聞こえました。そして何事かと皆で小屋に入ると、画架の前で腰を抜かしているレオス君がいたのです。これが事件発覚のあらましです」

シャーロックが顎に手を添えて話を纏《まと》める。

「つまりあんたが最初に小屋に入った時には絵は盗まれていたんだな」

「そうですね。ちなみに、会が始まってから、私以外小屋に入ったという人はいませんでした」

するとシャーロックはレオスに質問を投げかける。

「あんたが最後に絵を見たのはいつだ？」

レオスは少し落ち着きを取り戻して言う。

「えっと……この会が始まる直前です」

「すると絵が盗まれたのは、この食事会の最中って事で考えていいな」

シャーロックはまたダルドリーを見た。

「ジョンから聞いたが、あの雨の中、外にいた奴は他にもいたらしいな」

「はい。私もですが、祝いの場だけあって、皆が年甲斐も無くはしゃいでいました。結構な人数がここを出たり入ったりしていましたね」

嵐の中で子供がやたらとテンションが上がるのと似た感覚だろうか、ダルドリーの言葉に、集まった人々の中で恥ずかしそうに顔を背ける人がちらほらと見受けられた。その中には画家のレオスも含まれている。

羽目を外していた彼が酔いから覚めて気まずそうにする様子に、少しだけ微笑ましい気持ちになるジョンだったが、シャーロックは淡泊な眼差《まなざ》しで彼らを眺めていた。

「じゃあ、逆に当時外に出なかった奴は？」

その問いかけに、店主のロイを含めた一〇人程が手を挙げる。

「俺はパティや友人と一緒に固まって駄弁《だべ》ってたぞ」

ロイが言うと、隣にいた女性も声を発する。

「そうです。少なくとも私はずっと友達のエイミーとお喋《しゃべ》りしていました。父もその傍らでずっとご友人の方と語らっていました。そしたら外で大騒ぎする声が聞こえてきて、そんな賑やかな雰囲気も含めて私たちは会を楽しんでいたのですが……その後こんな事件が」

「そうか。あんたがパティだな。話はよく分かった。ありがとな」

彼女の話を聞いて何かを納得すると、シャーロックは酒場の窓の外、小屋の方を見た。雨の影響で、剝《む》き出しの土は遠目に見ても泥濘《ぬかる》んでいて、多くの人々が行き交った跡が残っている。

シャーロックはダルドリーに視線を戻す。

「あんたが小屋に向かった時、地面に誰かの足跡でもついていたか？」

ダルドリーは両腕を組んで難しい顔になる。

「それは……ちょっと分からないです。何せ真っ暗でしたので、黒い土の様子などは見辛かったので」

「それもそうか」

シャーロックは特に残念がる事もなく、口を閉ざした。

嫌な沈黙が酒場の中を流れる。

この盗難事件は、外部犯の仕業という線も考えられるが、会に出席していた人々の中に犯人がいる怖《おそ》れも十分にある。寧《むし》ろ、小屋に貴重な絵があると知っていた分、後者の方が可能性は高いのではないだろうか。少なくともシャーロックの質問からは、彼がその点について詳しく問い質《ただ》そうとする意思が窺えた。

店主たちもその考えに至っているのだろうか、互いに顔を見合わせるだけで誰一人言葉を発さない。気の置けない友人を庇《かば》いたい気持ちもあるだろうが、声を大にして無実を主張しないのは自分達の中に犯罪者がいるかもしれないという疑惑を捨て切れないからだろう。

幸せだったはずの会場に緊張感が膨らんでいくのを感じ取りながら、シャーロックはジョンを手招きする。

「ジョン、一度現場の様子を見てみようぜ。あんたらは継続してここで待機しててくれ」

彼は平生と変わらぬ声音で店主たちに指示を出すと、ジョンを伴って周囲を地面に囲まれた小屋に向かう。

現場までの泥濘んだ土の上を歩きながらジョンが尋ねる。

「シャーロック。お前はここまでで何か分かったのか？」

「残念ながら、まだ犯人の特定には至らねぇ」

シャーロックは足で泥濘《でいねい》の感触を確かめながら唸る。

「全員が大人しく建物の中にいれば外出する人間が目立っただろうが、今回は雨の中で騒いだ奴が相当数いる。だから他に小屋に向かった奴を絞るのが難しくなってんだ」

「そうだな。それに帰宅した人もいるみたいだから、容疑者候補は多い。だけど、ずっと屋内にいたというロイさんやパティさんたちは除外してもいいんじゃないか？」

「確かに、全員で口裏を合わせたって訳じゃなけりゃ今の所は容疑から外れるが、それでも一回や二回、その場を離れた時だってあっただろう」

「でも、雨の中を外に出たのなら、服や靴が汚れているはずだ」

「それも事件が発覚した後に見に行ったから汚れたって証言されたら否定出来ないだろ」

「そ、そうか……つまり現状は、お前が言ったように、誰もが絵を盗むチャンスがあったという事か」

「その通りだ。ただ、あの宿屋から小屋の入り口までは辛うじて見えていただろうから、不審者を目撃した奴がいないか期待してたんだが……」

「唯一レオス君が、ダルドリーさんが小屋に向かうのを見たと言っていただけだな」

「お前は何か気になるような事を見たりしなかったか？」

シャーロックの問いに、ジョンは心苦しそうに頭を掻いた。

「すまない。話し疲れてぐったりしてたから、余り他の人の動向に意識が向いてなかったんだ。だから正直ロイさんたちがずっと屋内にいたという確信は無い」

「じゃあレオスが外ではしゃいでたのを見たってのは？」

「あれも、宿屋の入り口の方を見たほんの一瞬、外で彼が騒ぐ様子が目に映っただけだ」

「なるほど。よく分かった。言っておくが、お前が漠然としか場の様子を覚えてない事を気に病む必要は無《ね》ぇからな。誰もこんな事件が起こるなんて予期してなかったんだしよ」

「ありがとう」

シャーロックの慰めに、ジョンは微笑みを返した。

だが結局、まともな目撃情報も無し。まだ推理が進んでいない点だけを確認したところで、二人は小屋の前に着く。

案の定、小屋の前側の地面もまだ乾いていない上に、現場に殺到したであろう人々によってぐちゃぐちゃに踏み荒らされていた。この状態では一人の人物の足跡を見つけるのすら至難の業だろう。既に二人の靴跡も残っていて、靴自体も泥だらけだ。

シャーロックは一旦地面の調査を諦めて、小屋の中に入る。

てっきり資料や失敗作が山積みになっているかと思いきや、中はこざっぱりとしていた。

入り口付近の床に蠟燭《ろうそく》が数本と燭台《しょくだい》、そしてダルドリーが証言した通り、描きかけの絵が置かれた画架が一台、そして何も置かれていない画架が一台設置されているだけで、他には何も無い。小屋の奥にはもう一つ扉があった。

そして残念ながら、小屋の床にも外よりは少ないにしろ、靴底に付いた泥による多くの足跡が残っていた。

「ここもこの有様かよ。誰も踏み入らなかったら犯人のが残ってたかもしれねぇのに。ったく、好き勝手動きやがって」

「悪い。俺がもっと早く現場に踏み入らないよう指示していれば」

「気にするなよ、ジョン。お前は最善を尽くした。一先《ひとま》ず、気になるのはあっちだ」

シャーロックは小屋の奥へと進み、もう一つの扉の前に辿り着く。そこまでは誰も行かなかったのか泥の跡は残っていなかった。それでも若干、扉前の床に微《かす》かな汚れが付いているのがジョンの目に入った。

取っ手に手をかけると、扉はあっさりと開いた。特に別室に繋《つな》がっている訳でもなく、そこは小屋の裏手になっていた。

シャーロックの後ろからジョンが言った。

「裏口だな。この小屋には前と後ろに二カ所出入り口があるんだ」

　シャーロックは扉の外を見回した。

「おまけに、こっちの入り口はあの宿屋からは死角になってるな。そして……見てみろ、ジョン」

　シャーロックが扉から一歩外に出て、後ろのジョンに裏手の様子を見せる。

　小屋の裏にも露出した大地が広がっていて、その向こうは整備された石畳になっていた。

　驚くべき事に、その石畳から土の上を小屋に向かって進む一人分の足跡が残っていた。

「シャーロック。このはっきりとした足跡は、明らかに雨が降って地面が柔らかくなった時に残されたものだ。つまりこれは会が開かれている最中に、外部からここに侵入した人物がいた事を証明する重要な証拠じゃないか？」

　少し興奮気味に捲《まく》し立てるジョンだったが、シャーロックは反対に口を閉ざして何かを考え込んでいる。

　対照的な態度に、ジョンは首を傾げた。

「……どうした？　まさか事件が発覚した直後にわざわざ裏手に回った者がいるかもしれない、と？」

　彼の予想をシャーロックは小さく手を振って否定する。

「そうじゃねえよ。ジョン、お前はこの足跡の奇妙な〝謎〟に気付かないか？」

「え？」

言われて、ジョンは石畳まで続く足跡を注意深く観察する。すると彼はシャーロックが指摘している点に思い至った。

「この足跡……入ってくるだけで、出て行った跡が無い」

ジョンの分析を反芻《はんすう》するように、シャーロックは軽く唇を噛んだ。

足跡は小屋に入るまでの一方通行で終わっている。単純に考えれば、侵入者は小屋の裏口から入りはしたが、出て行く際にはこの裏口を使用していない事となる。

「裏から入って、絵を盗んだ後に表から出たのかな？」

「侵入と絵の盗難が必ずしも一致するとは限らねぇが……それでも、人目を避けて裏口から入ったはずなのに、出て行く時は宿屋から様子が見える表口ってのは行動に矛盾がある」

「何か裏口から出られなくなった事情が出来たとか？」

「そうも考えられるが……ん？」

シャーロックは突然言葉を切ると、しゃがみ込んで地面を凝視した。

「どうした？　他に新しい発見でも？」

「ああ。ここだ」

返事と共にシャーロックは湿った地面を指差す。そこにはうっすらとではあるが、この裏口と向こうの石畳を一往復した足跡が残っていた。

「確かにもう一人分、ちゃんと出入りした跡があるな。でもこっちの方は、恐らく雨に降られた事で跡が消えかけている」

ジョンが自分の解釈を述べると、シャーロックも同意する。

「その通り。この薄い足跡は会が始まる前に残されたんだ」

絵が盗まれた時間は宿屋で会が行われている最中で、その時には雨が降っていた。よってこの『雨が降る前』と思しき足跡は、絵を盗む目的で小屋を出入りしたものではない。

多分あの画家が何か別の用事で裏口を使ったのだろう。そう推測するジョンだったが、シャーロックは地面や小屋の内部を交互に見ながら熟考していた。

容疑者の特定とは別に、裏口で発見した足跡の〝謎〟。だが真相を解明するにはまだ情報が不足している。

その後、小屋をざっと見終えて他に有益な証拠が無いのを確認した二人が宿屋に戻ろうとすると、ダルドリーが小屋前までやってきた。

「ホームズさん。ワトソンさん。警察の方々がお見えになりました」

シャーロックが「そうか」と返事をする。

「それで、警察の連中は何をしてる？」

「今宿屋に残っている人への聞き込みを始めました。あと、これから帰宅した人の家まで直接伺って、任意で家宅捜索を行うみたいです」

その報告にシャーロックは少し不安げな表情を浮かべる。

「俺たちが動く手間が省けたが……家宅捜索ね。こっちの警察は判断が適当でなけりゃいいが」

「きっと大丈夫さ。いざとなればお前が出て行けばいい」

信頼を寄せるジョンにシャーロックは苦笑すると、二人はダルドリーと共に宿屋に戻る。

そこではすでに警官が数名で手分けして会の参加者への尋問を行っていた。

シャーロックはカウンターの席へ腰掛けるとさりげなく問答の内容の一部を盗み聞きしてみたが、先程のやり取りで聞いた事柄とそう変わった情報は無い。

すると彼の元に警察からの聞き込みを終えたレオスが小走りで近寄ってきた。

「ど、どうですか、名探偵さん。絵の所在は判明しました？」

シャーロックは首を横に振る。

「残念ながら、決定的な手掛かりは得られなかった。まだもう少しかかりそうだ」

彼の言葉に、画家の青年はがくりと項垂《うなだ》れた。

ふと、シャーロックの脳裏に小屋内の光景が思い浮かんだ。足下に置かれた蠟燭。

「なあ、一つ聞いていいか？　あの小屋って、照明はどうしてる？」

レオスは顔を上げて答える。

「夜に小屋にいる時は、蠟燭を使用してます」

「そうか。でも蠟燭程度の灯《あか》りじゃ、部屋中は照らせないよな」

探偵の予想に、青年は目を細める。

「……そうですね。でも、僕は絵が描けるだけの光量があれば十分なので」

「なるほどな。するとダルドリーがあの小屋に入った時も当然、蠟燭を使っただろうな。そして部屋の半ばまで来て、絵が無い事に気付いた」

「多分、そうでしょうね」

「だよな。だが、そうするとああなって……」

画家の回答を受けて、探偵は一人思考の世界に没入してしまう。突然会話が終了して戸惑っているレオスに、ジョンは気まずそうに一礼する。するとレオスも釈然としない様子のまま彼らの傍《そば》を離れた。

「おい、シャーロック。被害者を置いてけぼりにしてどうする？」

「ん、ああ、悪い。何か引っかかるんだが……どうにも足跡の〝謎〟が解けなくてな」

「『一方通行の足跡』だな。あれに関しては、俺もいくつか推測を立ててみたぞ」

「へえ、聞かせてみろよ」

シャーロックが挑発的な笑みを返すと、ジョンは小声で語る。

「まず、犯人は普通に足跡を付けてあの小屋に入る。そして絵を盗んだ後、後ろ向きになってあの足跡をなぞるように出て行ったんだ」

「無いな。まずそんな事をする意味が無い。それに後ろ向きに足跡を辿ったなら、前に進む時とは足裏への体重のかけ方が違ってくる。俺が見た限り、あれは確かに小屋に向かってきただけの足跡だった」

シャーロックは即座に否定するが、ジョンは挫《くじ》けない。

「だったら、入った後にロープか何かを利用して足跡を残さないよう出て行った」

「それも無い。足跡を残さないように出られるんだったら、同じ手口で中に入れるだろ。どうして入った時の足跡だけはしっかり残してんだよ」

二度目の即答に、流石にジョンも顔を曇らせる。

「だったら、入って絵を盗む。そして出て行こうと扉を開けようとしたが、表口からダルドリーさんがやってきて、一旦小屋の片隅で息を潜めた。さっき蠟燭の光じゃ小屋内全部は照らせないって話してただろ？　そしてダルドリーさんが出て行った後、表から逃走を図って……でも人が来そうな表よりは裏から逃げるべきだな。すまない。これは忘れてくれ」

　途中で推理の穴に気付いて自ら発言を撤回すると、ジョンは懊悩《おうのう》し始めた。

「う〜ん。手詰まりになったか」

「そうしけるなよ、ジョン。別に案としては悪くなかったぜ」

「でも、推理が行き詰まったのは確かじゃないか」

「そうだな。何故犯人は入る足跡だけは残したのか……」

　未《いま》だ正体を見せない犯人の意図に思いを巡らせていると、暫《しばら》くして宿屋の中に別の警官がやってきた。

「すみません。重要な報告が……」

　入ってきた警官は、上司と思しき中年の男に声をかける。シャーロックとジョンは席から立ち上がってさりげなくそちらへ接近する。

「会に参加していた客の家から、例の盗難されたものと思しき絵が発見されました」

「――ええ!?」

　意外な情報に、シャーロックたちも含め、場にいた全員が驚愕《きょうがく》した。

「誰の家で見つかったのかね？」

やってきた警官は注目を浴びて居心地悪そうにするものの、上司が質問すると、こほんと咳払《せきばら》いをしてから事務的な口調で告げる。

「発見されたのは、エイミーという女性の方の家です」

「エイミー？　それは本当ですか？」

意外そうな反応を見せたのは、店主の娘パティだった。そう言えば、とシャーロックとジョンは周りを見渡すが、さっきまで店にいたエイミーの姿が無い。

その理由はすぐに判明した。報告した警官は彼女に向き直る。

「ええ。彼女は一度家に戻りたいと言ったので、私が同行しました。そして念の為に家の中を簡単に捜査したのですが、そこに盗まれた品と特徴が合致する一枚の絵があったのです」

告げられた情報によって周囲にざわめきが広がる中、上司の男が小さく首肯した。

「それで、現在エイミーさんは？」

「自宅で別の警官の監視の下、待機して貰っています」

「分かった。早速詳しい事情を伺おう。予想よりも早く事件が解決してよかった」

中年男が最後に放った言葉に、パティが瞠目《どうもく》した。

「それ、どういう意味ですか？　まさかあなたたちはエイミーが犯人だと思っているんですか？」

対する男は慣れた口調で平然と答える。

「まあ、それが妥当でしょうな。盗まれた絵が自宅から発見されたんです。疑いの余地は無いでしょう」

「そんな、ありえません！　彼女はそんな事をする人じゃないし、それに会の間もずっと私とお話ししていたんです。外に出て絵を盗む暇なんて無かったはずです」

友人を必死に庇う彼女を見て、男は少し迷惑そうに顔を顰《しか》めて言う。

「だったら、共犯者がいたんでしょう。それで盗難品を一旦彼女の家に保管しておいた。これで辻褄《つじつま》が合いますよ」

「辻褄が合うって……」

ぞんざいな解釈で事件を締め括《くく》ろうとする警察の仕事ぶりに、パティはひたすら絶句していた。恐らく彼は、これまでもこうして適当に業務を処理してきたのかもしれない。

代わりに警官に詰め寄ったのはあの探偵だった。

「ちょっと待て。報告じゃ、ただその女の家から絵が見つかったってだけだろ？　それだけで犯人と断定するのは無理があるんじゃねえか？」

「何ですか、あなたは？　……ああ、さっき誰かが話してましたね。確か有名な探偵さんなんでしたっけ？」

　男はシャーロック・ホームズについては詳しくは知らないようだった。自分の素性に関しては特に説明する気も無いシャーロックは、警察が出した結論の疑問点を挙げる。

「そのエイミーって奴は、家まで抵抗なく警官を同行させたんだよな。自分の家に絵があると知ってる奴が、果たしてそんな真似をするか？　それにその警官の話し振りだと、どうやら家に入ったらすぐに絵が見つかったみてぇだ。普通なら自宅が捜査される事を考慮して、盗難品は見つかりにくい場所に隠してるもんだろ。そこんとこはどうなんだ？」

　突然話を振られて、報告に来た警官はおどおどしながら応じる。

「それは……確かに、絵は家に入ってすぐの居間に置かれていましたが」

「ほら見ろ。そんな見つけて下さいと言わんばかりの保管の仕方があるかよ。よってエイミーは真犯人に濡れ衣《ぎぬ》を着せられた可能性が高い。だからまだ決断を下すべきじゃねえ」

　シャーロックの弁論にパティが表情を明るくするが、警官達の考えは異なるらしい。上司の男が代表して答える。

「ホームズさん。きっと犯人は急いでたんでしょう。だから絵を盗んだ後、家に行ったものの、隠す暇も無く取り敢えず居間に置いておいた。そして今度は絵をちゃんと隠そうと帰宅を申し出たが、警官が付いてきてしまったので、内心観念して家の中まで入れた。どうです？　これで説明は付きますよ」

「おいおい……」

彼の言葉《ことば》には、最早《もはや》こちらの意見になど耳を貸す気が無いという怠惰な意思が明確に込められていた。反論の材料は他にもあるが、この調子では同様の屁理屈《へりくつ》で受け流されるだけだ。

この警官らを納得させるには、すぐにでも真相を見出《みいだ》さなければならない。

だが、まだシャーロックは今一歩事件の真相に辿り着けてはいない。無実の人が逮捕される悲劇を回避するべく頭をフル回転させるが、やはり時間と情報が足りていない。

苦悩に顔を歪《ゆが》める探偵に、警官は呆れたように言い放った。

「あのねぇ、毎日人が忙《せわ》しなく動き回るような都会だったら、もっと深い真相でもあるんでしょうがね。ここは何の変哲も無い田舎なんですよ。全てが単純な原理で動いている。名探偵だか何だか知らないですが、あなたはこの案件を複雑に捉え過ぎなんじゃないですか？」

「…………」

反論の力すら思考に費やしているシャーロックを見て、男は宿屋の出口に向かった。

「それでは、必要最低限の人数は残しますが、他の警官は一度撤収します。ご協力ありがとうございました」

そうして警官の大半が出て行ってしまった。後に残された人々は、ただ警察の杜撰《ずさん》な仕事を目の当たりにして呆然《ぼうぜん》と立ち尽くしていた。

「……ど、どうする、シャーロック？」

ジョンが焦燥に駆られたように問いかける。

「だから、もうちょっとなんだ。クソッ……悪い意味で仕事が早過ぎんだよ、あいつら」

警官への苛立《いらだ》ちを覚えながらも、考え続けるシャーロック。けれどまだ事件の全容が分からない。向かうべき方向は見当が付いているものの正確な道筋が見えていない、といった感覚に似ている。

脳内にかかる霧が晴れないまま、貴重な時間が過ぎていく。

「シャーロック……」

苦しむシャーロックの傍らで、ジョンは己の無力を痛感して拳を握り込む。

そんな二人を見て、店主が忌々しげに呟いた。

「警官共も、普段は気の良い奴らなのに……まさかあんな推理でエイミーを犯人と決め付けるような連中だったとはな」

あんな推理で犯人と決め付ける。つい最近、シャーロックはそれとよく似たような台詞《せりふ》を聞かされた記憶がある。

——ああ、あの兄貴の言葉だ。

『大英帝国の醜聞』事件の直前、マイクロフトがシャーロック達の元を訪れた際に発した言葉。

『シャーリーの推理は多少決め付け過ぎるきらいがありますがね』。

何を上から目線で知ったような口を。そう文句をぶつけたいが、事実頭脳では兄の方が勝っているので、シャーロックはただその指摘を受け入れる事しか出来ない。

決め付け過ぎる。もしかして、自分もこの事件で何かを決め付けてしまっているのだろうか。事件が根底から覆る程ではないが、しかし、それでもほんの些細《ささい》な点で。

珍しく兄の言葉がすんなりと心に染み入ってくると、数秒後、閃光《せんこう》のようなものがシャーロックの脳裏で弾《はじ》けた。

「どうかしたか、シャーロック？」

閃《ひらめ》きのショックに全身をびくりと震わせたシャーロックに、ジョンが心配そうに声をかける。すると即座にシャーロックは歯軋りと共に言う。

「なあ、ジョン。確かにここ数日呑気《のんき》に過ごしていた所為で、俺の思考が若干鈍ってたかもしれないって点は認める。だからこの展開の早さに動揺しちまったんだしな」

急に自分を責め出すシャーロックに、ジョンは首を傾げる。

「ど、どうした、シャーロック？　いきなり妙な事を言い出して……そもそも今回は情報が少ないんだから仕方無いだろう」

しかし彼のフォローを無視して、シャーロックは語気を強めて言った。

「だから……だから、だ。いいか？　今回は俺の鈍さが原因で推理が滞ったのであって、もう少しだけ材料が揃《そろ》えばすぐに解答に行き着いたんだ。だから、決して兄貴の言葉がヒントになって答えを見出した訳じゃない。分かるか？」

「……ああ」

なるほど、とジョンは一人納得した。

具体的な内容は知らないが、シャーロックはどこかで聞いた兄の助言を頼りに謎を解いたのだろう。それを認めたくないが故に、推理が行き詰まった理由を述べたのだ。

くすりと微笑みを零す相棒に、明らかに不機嫌になるシャーロック。下手にちょっかいを出すとどんな理屈を並べられるか分かったものではない。ジョンは次の動きを問う。

「それで、俺は何をすればいい？」

その質問に、シャーロックも思考を切り替える。

「まずはこの宿屋にいる人間で信用できる奴を選ぶ。次の指示はそれから出す」

「分かった」

そしてシャーロックがジョンの耳元で信頼できる関係者の名を告げると、二人はすぐさま動き出した。


警察がエイミーが犯人であると判断を下した、その日の夜。

事件関係者であるその男は、隣村の警察署で長めの質疑応答を終えて後日再び署を訪れる事を命じられた後、事件のあった村に戻ってきていた。

夜闇に満ちた静かな道を歩きながら、男は質疑の内容を思い出す。

どうやらこの絵の盗難事件は、今ロンドンを騒がせている美術品の盗難事件とも関連付けられているらしく、今後エイミーへの尋問はより厳しくなるらしい。

予定通りだ。男は嫌らしく口角を吊り上げた。

あの女には悪いが、ああして疑惑の矛先が向かっている間に、自分は必要最低限の事を済ませてとっととこの地を後にするつもりだ。

そして今、男は同じ村で見つけた廃屋に向かっていた。自分の所有する『宝』が無事か確認する為だ。

宿屋から距離を置いた、村の外れにある廃屋に到着すると、男は周囲に人がいないかを確かめてから足音を殺して今にも外れそうな木製の扉を開け、廃屋へ足を踏み入れる。

男は薄暗い部屋の奥へと進んでいくと、そこには『宝』の山があった。バレる危険は少なかったとはいえ、男は安堵《あんど》に胸を撫《な》で下ろす。

「――動くな」

ふいに、背後から声をかけられる。

その言葉が指示する動作とは反対に、男は咄嗟《とっさ》に後ろを振り向いた。最初は暗闇の所為でその正体は不明だったが、すぐに蠟燭が点《つ》けられて対峙《たいじ》する相手の顔が浮かび上がる。

背後から声をかけたのは、ジョン・H・ワトソンだった。横には宿屋にいた客の一人が怒り心頭といった顔で立っている。

そしてジョンは男に向けて言った。

「この部屋にある品から、君がロンドンで美術品の盗難を繰り返した犯人である事は分かっている。観念するんだな、レオス君」

自分の正体を明かされた男――レオスは、愕然としながら問いかける。

「……どうして、この場所が?」

ジョンは確固たる口調で滔々《とうとう》と語る。

「村の周囲は草原で、これだけの量の美術品を隠せる場所は無い。だから隠し場所は村の中にあるとシャーロックが推理した。そして君が隣村に行っている間に幾つか怪しいポイントを手分けして捜して、ここを見つけたんだ」

「すると、その探偵は？」

室内を見渡すレオスに、ジョンが答える。

「外で待機してるよ。だから逃亡を図っても無駄だ」

「そう、か……」

画家の青年レオスは全てを諦め、地面に崩れ落ちた。

「――結局、ロンドンを騒がせた窃盗犯が村に隠れてたってだけの話だったんだ」

事件が解決した後、居候する屋敷の中でシャーロック・ホームズは自分宛の手紙を読みながら言った。

その傍にいたジョンは、ふむと頷く。

「レオス君はあの宿屋に正体を隠して宿泊し、アトリエ代わりにとあの小屋を借りた。最初はそこに盗んだ美術品の数々を置いてたんだな」

大荷物を馬車で運んできた、とは宿屋の店主ロイの言葉である。その後、レオスは別に安全な隠し場所を見つけて、ケースに入れて美術品を移動していたのだ。

「そして警察の捜査がこの付近まで迫っている事に恐怖して、レオス君は一計を案じた。折好く例の結婚祝いの会が開かれると知った彼は、それを利用して自分自身を被害者にして別人を窃盗犯に仕立て上げようとしたんだ」

ジョンが言うと、シャーロックは返信用の手紙を用意しながら付け足した。

「偽装工作に使用した絵はロンドンで盗んだ本物かもしれないが、絵一枚で他の美術品を隠し通せるなら安いもんだ。まあ、それでも詳しく調べれば彼女が無罪である事は判明するだろうが、一時警察の注意を引き付ければ作戦としては上々だ。その間に隙を見てトンズラこいちまえばいいんだからな」

するとジョンが首を傾げた。

「しかし、まだお前から聞かされていない部分があるぞ。あの足跡は結局どういう意味だったんだ?」

するとシャーロックは苦笑じみた表情を作る。もしかしたら、その〝謎〟に手間取った自分自身を嘲っているのかもしれない。

「元々レオスが立てた作戦はごく単純なものだったんだ。自分が会に参加している間に、あの小屋に何者かが侵入して絵を盗んだ。それだけの事件にする為に、外部から小屋に入った奴がいたという証拠として、足跡を残した。あの裏口にあった、一往復分のうっすらとした足跡がそれだ」

　ジョンがポンと手を打つ。

「あの足跡はそんな意図があったのか。だが今回一番の謎となった、一方通行の足跡は何なんだ？」

「その通り。あれが今回、俺を一番悩ませた。どんな意図があって犯人はこんな意味深な足跡を残したんだろうってな」

　シャーロックは手紙の上を追っていた視線を上げ、天井の一点を見つめた。

「だが、それが俺の思い込み、決め付けだった。あれは犯人が意図的に残したものではなく、二つの不慮の事故から生じたものだったんだ」

「不慮の事故？」

「ああ。まずレオスは一往復の足跡を残して小屋に置いてあった絵を回収し、どこか身近な場所に隠した。そして客が宿屋に集まり始めた頃、同じ村に住む奴の内、誰が来ているかを確認し、密《ひそ》かにその家まで絵を隠しに行った。これは全て会が始まる直前に仕組まれた事だ」

「そこまでは分かるぞ。……それが偶々エイミーさんの家だったのは、彼女にとって災難だったな」

「そして、会が始まる。後はレオスが途中で何か理由を付けて小屋に様子を見に行き、悲鳴を上げれば絵の盗難事件の完成だ。だがそこで思わぬハプニングが発生した。何だか分かるか、ジョン？」

「ハプニング……？」

シャーロックに聞かれ、ジョンは当時の状況を思い起こす。すると一つの出来事に辿り着いた。

「――雨だ！　会が開かれる前から急に雨が降り出したんだ！」

思わず声量が大きくなってしまったジョンに、シャーロックはにやりと笑いかける。

「正解。突然降ってきた雨が激しくなっていくにつれ、レオスはこう思ったんだろうな。『直前に残した足跡が消えてしまったらどうしよう』、と」

「なるほど。それで計画がパアになると危機感を抱き、もう一度足跡を残しに行ったのか」

「それが事故の一つ。あの時は外ではしゃぐ奴が多かったらしいが、多分レオスがいの一番に酔った振りをして騒ぎ出したのかもな。外をうろついても不審に思われないように」

――そしてはしゃぐ人が多くなっていくのを待ち、レオスは頃合いを見て密かに小屋の裏手の石畳に回り込み、小屋に向かってもう一度足跡を付けに行った。そして小屋の裏口に到着し、後は来た道を逆戻りすれば計画は元通りになるはずだった。だが……。

「そこでもう一つの事故。そのタイミングで、ダルドリーが絵を見にきちまった」

ジョンがうんうんと首肯する。

「そして彼は小屋の借り主であるレオス君を呼びに宿に戻っていった」

「レオスは相当焦っただろうな。何せ今自分は小屋の裏口にいて、宿屋にはいないんだから。よって奴は即座に作戦を変更。帰る分の足跡を残す事を諦め、小屋の中でタイミングを見計らって、悲鳴を上げた。さも今自分の絵が無くなっているのを発見したかのようにな。勿論《もちろん》、その時レオスは表口から入ったと思わせる必要があるから、泥が裏口の扉から画架に向けて床上に残らないよう、靴を脱ぎ、絵の前できちんと履き直した」

「確かに、ダルドリーさんはレオス君と入れ違ったと考えていたな。つまり実際、小屋から戻る道中でレオス君を見た訳では無いんだ。するとその後は予定通り、小屋で絵が盗まれた被害者という図が完成するんだな」

「同時に、一方通行の足跡の謎も残してな」

シャーロックは事件の真相を語り終えると、再び手紙に意識を戻した。ジョンも事の全容を理解したが、少しだけ気になった点を追及してみる。

「ちなみに、お前はレオス君が真犯人だと気付いていたのか？」

「怪しいと思ったのは、照明について尋ねた時だ」

シャーロックは宿屋での会話を思い出しながら語る。

「あれは小屋の暗闇に誰かが隠れられないか確かめるつもりで聞いたんだが、あいつは妙な反応をした。多分、もう一度小屋の裏手に足跡を残そうとした際、正確に出入りした跡を作ろうと小屋の中に入ったんだろうな。そこにダルドリーがやってきたが、蠟燭の光では小屋の中を全て照らし出す事は出来ず、自分が小屋内にいるのはバレずに済んだ。俺の質問から、ふとその時の光景が蘇《よみがえ》っちまったんだろう」

「小屋の中で裏口の扉の近くに汚れがあったのは、隠れていた時に付いた泥だったんだな」

「汚れが薄れていたのは、雨水を使って可能な限り泥の跡を消し去ろうとしたんだろう。暗闇の中だったから、完璧とはいかなかったみたいだが。ま、とにかくレオスを犯人と疑い始めたのも、些細な質問が切っ掛けだったんだから、そういった点でも今回は運に恵まれたな」

「何を言ってる。十分に鮮やかな解決劇だったじゃないか」

褒め称《たた》えるジョンだったが、シャーロックは苦々しい顔をする。

「もっと時間があれば物的証拠を用意できたかもしれない。正直、あの場でレオスが折れてくれて助かったぜ」

レオス逮捕は思いの外ギリギリの策だった事を強調され、ジョンも自分に厳しくあろうとするシャーロックの気持ちを汲《く》んで下手な称賛は控えておく。

「つまり、今回の件は犯人にとっても想定外の事態が二回も起きたから、流石のシャーロックもその偶然の介入を読み切れなかったんだな」

ジョンが話を纏めると、シャーロックは細く息を吐く。

「てっきり犯人が何か深い意味を込めていたと考えちまったんだな。確かにあの警官が言ったように、俺は今回物事を複雑に捉え過ぎていたらしい」

「あの警官じゃなく、お兄さんの言葉の通り、じゃないか」

悪戯《いたずら》っぽく語るジョンに返す言葉が見つからず、シャーロックは窓の外、群青に染まったコッツウォルズの空を眺めた。


盗難事件が解決してから二日後、ベーカー街のシャーロックたちの部屋の修繕が終わり、屋敷を後にする日がやってきた。

「――ここでの暮らしはどうだったかな、シャーリー」

屋敷の主の代わりにやってきたマイクロフトが尋ねる。シャーロックはふんと鼻を鳴らして言った。

「どうもこうもねえよ。もうこんな偉ぶった生活はうんざりだぜ」

「……それはご苦労だった」

変な間を置いて答えたマイクロフトに、シャーロックは険のある声で聞く。

「……何だよ？　何がそんなに面白いんだ？」

「いや、確かにそれなりの苦労があったのだろうな、と思っただけだ」

意味深に微笑を湛える兄を見て、シャーロックは余計に苛立たしそうにする。

——もしかして、全部お見通しなのだろうか。自分がここでの事件に思いの外苦戦を強いられた事も、そしてその解決に兄の助言が役立った事も。

しかし、それを問い質しても面白半分に答えをはぐらかされるだけだろう。よってシャーロックはほんの些細な抵抗としてあからさまに顔を背けるだけに止《とど》める。

兄弟が見せる傍目《はため》には分からない言外のやり取りに、ジョンとハドソンは顔を見合わせて苦笑していた。

するとジョンは一歩マイクロフトの元に進み出て、頭を下げた。

「マイクロフトさん。今回はお世話になりました。あなたの知人である貴族の方にもお礼を言っておいて下さい」

マイクロフトは温和な表情を返す。

「留守を守ってくれた事に礼を言いたいのはこちらも同じだが……いつも激務に追われている先生達が少しでも休息を取れたのなら良かった」

「はい。ちょっとしたハプニングはありましたが……」

「それはいつか先生の作品にでも反映させて貰えれば」

恥ずかしそうにするジョンにマイクロフトが笑いかける。するとシャーロックが不機嫌丸出しといった声で言った。

「ジョン、ハドソンさん。無駄話もそこまでにしてとっとと帰ろうぜ」

そのままシャーロックはマイクロフトへ背を向けると、自分の荷物を持って少しの未練も見せずに屋敷を後にしようとする。

その弟の背に、兄が優しく声をかけた。

「今度、皆で酒でも飲みに行かないか？」

シャーロックはピタリと足を止めると、マイクロフトの方を振り向きもせずに答える。

「……まあ、ある意味お前のお陰で退屈せずには済んだしな。考えといてやるよ」

それだけ言うと、シャーロックは足早に屋敷を出て行ってしまった。その後ろを慌ててジョンとハドソンが追いかける。

「ちょっと待ってくれ、シャーロック。急過ぎるぞ。もっと兄弟同士仲良く話を……もう、マイクロフトさん、ありがとうございました！」

「また会った時はもっとゆっくりお話ししましょう。それでは、また」

「ああ。楽しみにしている」

感謝と別れの言葉を纏めて告げる二人に、マイクロフトは鷹揚に返答した。三人がいなくなると、主が不在の屋敷は不思議なくらいに静かになった。

静寂の中で一人佇みながら、マイクロフトは彼らの後ろ姿を想像する。

急ぎ足で進むシャーロック。その横に困り顔ながらも並ぶジョン。その一歩後ろで二人の背中を見守るハドソン。

「……良い仲間に巡り会えたな」

マイクロフトは微笑み混じりに独りごちた。

そして、ほんの束《つか》の間、のどかな田舎での休養を堪能したシャーロックたちは自分たちの日常へと帰っていく。

ベーカー街221のB。

その部屋で、英国の〝謎〟を解き明かす日々が彼らを待っているのだ。

［初出］
憂国のモリアーティ 禁じられた遊び　書き下ろし

小説… JUMP j BOOKS

憂国のモリアーティ

禁じられた遊び

2019年11月６日　第１刷発行
2021年７月14日　第４刷発行

著者／竹内良輔　三好 輝　埼田要介

装丁／黒木 香＋ベイブリッジ・スタジオ
編集協力／中本良之
校正・校閲／鷗来堂
編集人／千葉佳余
発行者／北畠輝幸
発行所／株式会社 集英社
〒101-8050　東京都千代田区一ツ橋2-5-10
TEL 03-3230-6297（編集部）
03-3230-6080（読者係）
03-3230-6393（販売部・書店専用）
印刷所／凸版印刷株式会社

Printed in Japan　ISBN978-4-08-703488-2　C0293　検印廃止

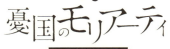